Johanna Spyri

Heimatlos

Zwei Geschichten für Kinder und auch für solche,
welche die Kinder lieb haben

(Großdruck)

Johanna Spyri: Heimatlos. Zwei Geschichten für Kinder und auch für solche, welche die Kinder lieb haben (Großdruck)

Erstdruck Gotha, F. A. Perthes, 1878.

Neuausgabe mit einer Biographie der Autorin
Herausgegeben von Theodor Borken
Berlin 2020

Umschlaggestaltung von Thomas Schultz-Overhage unter Verwendung des Bildes: Koloman Moser, Gardasee, 1912

Gesetzt aus der Minion Pro, 16 pt, in lesefreundlichem Großdruck

ISBN 978-3-8478-4506-5

Die Deutsche Nationalbibliothek verzeichnet diese Publikation in der Deutschen Nationalbibliografie; detaillierte bibliografische Daten sind im Internet über www.dnb.de abrufbar.

Henricus Edition Deutsche Klassik UG (haftungsbeschränkt), Berlin
Herstellung: BoD – Books on Demand, Norderstedt

Am Silser- und am Gardasee

Im stillen Hause

Im Ober-Engadin, in der Straße gegen den Maloja hinauf, liegt ein einsames Dörfchen, das heißt Sils. Da geht man von der Straße querfeldein, und hinten, ganz nahe an den Bergen, liegt ein kleiner Ort, der heißt Sils-Maria. Da standen ein wenig abseits im Felde zwei Häuschen einander gegenüber. Die hatten beide uralte hölzerne Haustüren und ganz kleine Fenster tief in der Mauer drinnen. Beim einen Haus war ein kleines Stück Garten, da wuchs Kraut und Kohl, und es standen auch vier Blumenstöcke darin, die sahen aber mager aus und waren aufgeschossen wie das Kraut. Beim anderen Häuschen war gar nichts als ein kleiner Stall neben der Tür; da krochen zwei Hühner aus und ein. Dies Häuschen war noch kleiner als das andere, und die hölzerne Tür war schwarz vor Alter.

Aus dieser Tür trat jeden Morgen um dieselbe Zeit ein großer Mann, der mußte sich bücken, um hinauszukommen. Der große Mann hatte ganz glänzend schwarze Haare und schwarze Augen, und unter der schöngeformten Nase fing gleich ein so dichter schwarzer Bart an, daß man vom übrigen Gesichte nichts mehr sah als die weißen Zähne, die zwischen den Barthaaren durchblitzten, wenn der Mann einmal sprach; aber er sprach wenig. Alle Leute in Sils kannten den Mann, doch niemand nannte ihn bei einem Namen, er hieß bei allen nur »der Italiener«. Er ging regelmäßig den schmalen Weg querüber nach Sils hin und den Maloja hinauf. Dort wurde viel an der Straße gebaut, und da hatte der Italiener seine Arbeit. Ging er aber den Weg nicht hinauf, so ging er hinunter, dem Bade St. Moritz zu. Dort baute man Häuser, und er fand dort auch seine Arbeit. Dann blieb er den Tag über da und kehrte erst am Abend wieder ins Häuschen zurück. Gewöhnlich, wenn er am Morgen aus der Tür trat, stand hinter ihm ein Büblein. Das stellte sich auf die Türschwelle, wenn der Vater draußen war, und schaute mit den großen, dunklen Augen lange hinaus dem Vater nach, oder sonst wohin. Man hätte nicht sagen können, wohin er sah, denn es war, als ob die dunklen Augen über alles wegschauten, was vor ihnen lag, und auf etwas hin, das niemand sehen konnte.

Am Sonntagnachmittag, wenn die Sonne schien, gingen die beiden auch manchmal miteinander aus dem Häuschen und nebeneinander her die Straße hinauf. Und wenn man sie so ansah, so sah man in den zwei Gestalten ganz dasselbe vor sich, nur bei dem Büblein alles im kleinen. Es war ganz wie vom Vater abgeschnitten, bis auf den schwarzen Bart, den hatte es nicht, sondern ein schmales, bleiches Gesichtchen war da zu sehen, mit dem schöngeformten Näschen in der Mitte, und um den Mund herum lag etwas Trauriges, als ob er nicht lachen möchte. Das konnte man beim Vater durch den Bart nicht sehen.

Wenn nun die beiden so nebeneinander hergingen, dann sagte keiner zum anderen ein Wort. Meistens summte der Vater leise ein Lied, manchmal auch lauter, und das Büblein hörte zu. Wenn es jedoch am Sonntag regnete, dann saß der Vater daheim im Häuschen auf der Bank am Fenster, und das Büblein saß neben ihm, und sie sagten wieder nichts zueinander. Aber der Vater zog eine Mundharmonika hervor und spielte eine Melodie nach der anderen, und das Büblein hörte aufmerksam zu. Manchmal nahm er auch einen Kamm oder ein Baumblatt und lockte daraus Melodien hervor, oder er schnitt ein Stück Holz zurecht und pfiff darauf ein Lied. Es war, als gäbe es keinen Gegenstand, dem er nicht Musik entlocken könnte. Aber einmal hatte er eine Geige mit nach Hause gebracht, die hatte das Büblein so entzückt, daß es sie nie wieder vergessen konnte. Der Vater hatte viele Lieder und Melodien darauf gespielt, und das Büblein hatte unverwandt zugeschaut, nicht nur zugehört; und als der Vater die Geige weggelegt hatte, da hatte sie das Büblein leise genommen und probiert, wie man die Melodien herausbringe. Und es mußte es gar nicht so schlecht gemacht haben, denn der Vater hatte gelächelt und gesagt: »So komm!« und hatte seine großen Finger mit der linken Hand auf die kleinen gelegt und mit der rechten die Hand des Bübleins mitsamt dem Bogen in die seinige genommen, und so hatten sie eine gute Zeitlang allerlei Melodien gegeigt.

Die folgenden Tage, wenn der Vater fort war, hatte das Büblein immer wieder probiert und gegeigt, bis es eine Melodie herausgebracht hatte; aber da war auf einmal die Geige verschwunden und kam nie wieder zum Vorschein. Zuweilen, wenn sie so zusammensaßen, fing der Vater auch an zu singen, erst nur leise und dann immer lauter, wenn er einmal dabei war. Dann sang das Büblein auch mit, und wenn es die Worte nicht recht mitsingen konnte, so sang es doch die Töne. Der Vater sang immer Italienisch, und es verstand vieles, aber es war ihm nicht so recht bekannt und geläufig zum Singen. Da gab es eine Melodie, die konnte es besser als alle anderen, denn der Vater hatte sie vielhundertmal gesungen.

Sie gehörte zu einem langen Lied, das fing so an:

»Uno sera
In Peschiera –«

Es war eine sehr wehmütige Melodie, die einer zu der kurzweiligen Romanze gemacht hatte, und sie gefiel dem Büblein besonders, so daß es sie immer mit Freuden und ganz andächtig absang. Das klang gut, denn das Büblein hatte eine helle, glockenreine Stimme, die floß so schön mit des Vaters kräftigem Baß zusammen. Auch jedesmal, wenn dieses Lied zu Ende gesungen war, klopfte der Vater den Kleinen freundlich auf die Schulter und sagte: »Bene, Enrico, va bene.« So nannte den Knaben aber nur der Vater, bei allen anderen Leuten hieß er nur »Rico«. Da war auch noch eine Base, die mit in dem Häuschen wohnte, die flickte und kochte und hielt alles in Ordnung. Im Winter saß sie am Ofen und spann, da mußte Rico immer überlegen, wie er seine Gänge einrichten könne, denn sobald er die Tür aufmachte, sagte die Base: »Laß doch einmal diese Tür in Ruh', es wird ja ganz kalt in der Stube.« Er war dann oft lange mit der Base allein. Der Vater hatte in der Zeit irgendwo unten im Tale Arbeit und blieb viele Wochen lang fort.

In der Schule

Rico war fast neun Jahre alt und hatte schon zwei Winter hindurch die Schule besucht, denn im Sommer gab es da droben in den Bergen keine Schule; da hatte der Lehrer seinen Acker zu bebauen und zu mähen und zu hauen wie alle anderen Leute, zur Schule hatte dann niemand Zeit. Das tat aber Rico nicht besonders leid, er wußte sich schon zu unterhalten. Wenn er sich am Morgen dort auf die Türschwelle gestellt hatte, so blieb er stehen, schaute mit träumenden Augen hinaus und bewegte sich nicht. So konnte er stundenlang stehen, falls nicht drüben am anderen Häuschen die Türe aufging und ein kleines Mädchen herauskam und lachend zu ihm herüberschaute. Dann lief Rico schnell hinüber, und die Kinder hatten sich seit gestern abend, wo sie sich zuletzt gesehen hatten, schon wieder viel zu erzählen, bevor Stineli ins Haus gerufen wurde. Stineli hieß das Mädchen und war genau so alt wie Rico. Sie hatten miteinander angefangen, in die Schule zu gehen, und waren in derselben Klasse, und schon immer waren sie beieinander gewesen, denn es war ja nur ein schmaler Weg zwischen ihren Wohnungen, und sie waren die allerbesten Freunde.

Rico hatte auch nur diese einzige Freundschaft, denn mit den Buben ringsum hatte er keine Freude, und wenn sie sich prügelten und auf dem Boden herumwarfen und sich auf die Köpfe stellten, dann ging er davon und schaute nicht einmal zurück. Wenn sie aber riefen: »Jetzt wollen wir einmal den Rico verprügeln«, dann stand er still und stellte sich gerade hin und machte gar nichts; aber er schaute sie mit den dunklen Augen so merkwürdig an, daß ihn keiner anpackte.

Aber beim Stineli war's ihm wohl zumute. Stineli war wohl kaum neun Jahre alt, aber es war die älteste Tochter und mußte der Mutter überall helfen, und da war viel zu tun. Denn nach dem Stineli riefen aus allen Ecken die Kleinen.

In dem Häuschen aber war noch jemand, der dann und wann nach dem Stineli rief, das war die alte Großmutter. Die rief aber nicht, damit es ihr noch helfe, sondern sie hatte ihm etwa einen Pfennig zu geben, der ihr in die Hand kam, oder sonst etwas, denn Stineli war ihr Liebling, und sie sah mehr als irgend jemand sonst, wieviel das Stineli für sein Alter schon tun mußte, mehr als die meisten Kinder. Darum gab sie ihm gern etwas, damit es sich auch wie andere Kinder auf dem Jahrmarkt etwas kaufen könne, etwa ein rotes Bändeli oder ein Nadelbüchsli. Die Großmutter war auch zu Rico sehr gut und sah die Kinder gern beisammen und tat auch manchmal etwas für das Stineli, damit es mit dem Rico noch ein wenig draußen bleiben durfte.

Jetzt war es Mai, und eine kleine Zeit konnte die Schule noch dauern, lange konnte es zwar nicht mehr sein, denn es grünte unter den Bäumen, und große Strecken waren ganz frei von Schnee. Rico stand seit einer guten Weile vor der Tür und stellte diese Betrachtungen an. Dabei schaute er immer drüben zu der Tür, ob sie noch nicht aufgehen wolle. Jetzt ging sie auf, und Stineli kam herausgesprungen.

»Hast du schon lang dagestanden? Hast du wieder gestaunt, Rico?« rief es lachend. »Siehst du, heut ist es noch früh, wir können langsam gehen.«

Jetzt nahmen sie einander bei der Hand und wanderten der Schule zu.

»Denkst du immer noch an den See?« fragte Stineli im Gehen.

»Ja, gewiß«, versicherte Rico mit ernstem Gesicht, »und manchmal träumt es mir auch davon und ich sehe so große, rote Blumen daran und drüben die violetten Berge.«

»Ach, das gilt nicht, was man träumt«, sagte Stineli lebhaft. »Ich habe auch einmal geträumt, der Peterli klettere ganz allein auf die allerhöchste Tanne hinauf, und wie er auf dem obersten Zweiglein saß, da war's nur noch ein Vogel, und er rief herunter: ›Stineli, zieh mir die Strümpf' an!‹ Jetzt siehst du doch, daß das nicht wahr sein kann.«

Rico mußte heftig nachdenken, wie das sei, denn sein Traum konnte doch wahr sein und war nur wie etwas, das ihm wieder in den Sinn kam. Aber jetzt waren sie nahe beim Schulhaus angelangt, und ein ganzer Trupp Kinder lärmte von der anderen Seite daher. Sie traten alle miteinander ein, und bald danach kam auch der Lehrer. Der war ein alter Mann mit dünnen, grauen Haaren, denn er war schon undenklich lang Lehrer gewesen, so daß ihm darüber die Haare grau geworden und ausgefallen waren. Es ging nun an ein strenges Buchstabieren, und dann kam das Einmaleins an die Reihe, und zuletzt kam der Gesang. Da holte der Lehrer seine alte Geige hervor und stimmte sie, und nun ging es los und alle sangen aus voller Kehle:

>»Ihr Schäflein hinunter
>Von sonniger Höh' –«

und der Lehrer geigte dazu.

Nun schaute der Rico aber so gespannt auf die Geige und des Lehrers Finger, wie dieser in die Saiten griff, daß er darüber ganz das Singen vergaß und keinen Ton mehr von sich gab. Jetzt fiel mit einem Male die ganze Sängerherde einen halben Ton hinunter, da wurde die Geige auch unsicher und fiel nach, und die Sänger fielen noch tiefer, und man kann gar nicht wissen, wie tief hinunter alles miteinander gefallen wäre – aber jetzt warf der Lehrer die Geige auf den Tisch und rief erzürnt: »Was ist das für ein Gesang! Ihr unvernünftigen Schreier! Wenn ich doch wissen könnte, wer so falsch singt und das ganze Lied verdirbt!«

Da sagte ein kleiner Bube, der neben Rico saß: »Ich weiß schon, warum es so geworden ist. Immer ist es so, wenn Rico zu singen aufhört.«

Dem Lehrer selbst war es nicht so ganz unbekannt, daß die Geige am sichersten ging, wenn Rico fest mitsang.

»Rico, Rico, was muß ich hören!« sagte er ernst. »Du bist sonst ein ordentliches Büblein, aber Unaufmerksamkeit ist ein großer Fehler, das hast du jetzt gesehen. Ein einziger unachtsamer Schüler kann einen ganzen Gesang verderben. Jetzt wollen wir noch einmal anfangen, und du paßt auf, Rico!«

Nun setzte Rico mit fester, klarer Stimme ein, die Geige folgte nach, und alle Kinder sangen aus allen Kräften mit, so daß es bis zum Schluß herrlich anzuhören war. Da war der Lehrer sehr zufrieden und rieb sich die Hände, machte noch ein paar feste Striche auf der Geige und sagte vergnügt: »Es ist auch ein Instrument danach.«

Des alten Schullehrers Geige

Vor der Tür hatten sich Stineli und Rico bald aus dem Rudel herausgemacht und zogen zusammen ihren Weg.

»Hast du vor lauter Staunen nicht mehr mitgesungen, Rico?« fragte Stineli jetzt. »Ist dir etwa auf einmal der See in den Sinn gekommen?«

»Nein, etwas anderes«, sagte Rico. »Ich weiß jetzt, wie man spielt ›Ihr Schäflein hinunter‹. Wenn ich nur eine Geige hätte!«

Der Wunsch schien Rico schwer auf dem Herzen zu liegen, denn er kam mit einem tiefen Seufzer heraus. Stineli war gleich voller Teilnahme und unternehmender Gedanken.

»Wir wollen zusammen eine kaufen«, rief es plötzlich voller Freude über die Hilfe, die ihm eingefallen war. »Ich habe sehr viele Pfennige von der Großmutter, etwa zwölf. Wie viele hast du?«

»Gar keinen«, sagte Rico traurig. »Der Vater hat mir ein paar gegeben, bevor er fortging. Aber die Base hat gesagt, ich mache nur unnützes Zeug damit, und hat sie genommen und ganz hoch hinauf in den Kasten gelegt. Da kann man sie nicht mehr bekommen.«

Aber Stineli ließ sich nicht so schnell entmutigen. »Vielleicht haben wir doch genug Geld, und die Großmutter gibt mir schon noch etwas«, sagte es tröstend. »Weißt du, Rico, eine Geige kostet nicht soviel; es ist doch nur altes Holz und vier Saiten darüberge-spannt, das kostet nicht viel. Du brauchst nur den Lehrer morgen zu fragen, was eine Geige kostet, und dann suchen wir eine.«

So blieb es ausgemacht, und Stineli dachte, es wolle daheim tun, was es nur könne, und ganz früh aufstehen und das Feuer anmachen, bevor nur die Mutter auf sei; denn wenn es so von früh bis spät immerfort etwas tat, steckte ihm die Großmutter gewöhnlich einen Pfennig in die Tasche.

Am folgenden Morgen, als die Schule aus war, ging Stineli allein hinaus. An der Ecke vom Schulhaus stand es still hinter dem Holzhaufen und wartete auf Rico, der jetzt den Lehrer wegen der Geige fragen sollte. Er kam lange nicht heraus und Stineli guckte immer wieder mit Ungeduld hinter dem Holze hervor, allein es waren nur die anderen Buben, die noch da und dort herumstanden. Aber jetzt – richtig, Rico kam um den Holzhaufen herum. Da war er.

»Was hat er gesagt, was kostet sie?« rief Stineli mit angehaltenem Atem vor Erwartung.

»Ich habe nicht fragen können«, antwortete Rico verzagt.

»Oh, wie schade!« sagte Stineli und stand verblüfft da, aber nicht lange. »Das bleibt sich gleich, Rico«, sagte es wieder fröhlich und nahm ihn zum Heimgehen bei der Hand, »du kannst dann morgen fragen. Ich habe auch schon wieder heute früh von der Großmutter einen Pfennig bekommen, weil ich schon auf war, als sie in die Küche kam.«

Nun ging es aber am folgenden Tage wieder genau so und am dritten auch. Rico blieb immer eine halbe Stunde lang vor der Wohnstube des Lehrers stehen und wagte nicht, hineinzugehen und seine Frage zu tun. Da dachte Stineli heimlich: Wenn er noch drei Tage lang nicht fragt, dann frag' ich. Aber am vierten Tage, als Rico wieder nachdenklich und zaghaft vor der Tür stand, ging diese plötzlich auf, und der Lehrer trat eilig heraus und stieß so gewaltig gegen den Rico an, daß das federleichte Büblein ein gutes Stück rückwärts flog. Voller Erstaunen und heftigem Unwillen stand der Lehrer da. »Was ist das, Rico?« fragte er jetzt, als der Kleine wieder am Platze stand. »Warum kommst du an die Tür und klopfst nicht an, wenn du etwas auszurichten hast? Wenn du aber nichts auszurichten hast, warum entfernst du dich nicht? Solltest du mir aber etwas zu berichten haben, so kannst du's gleich hier sagen. Was wolltest du?«

»Was kostet eine Geige?« stürzte Rico vor lauter Angst hastig hervor.

Des Lehrers mißbilligendes Erstaunen wuchs sichtlich. »Rico, was soll ich von dir denken?« fragte er mit strenger Miene. »Kommst du deshalb an die Tür deines Lehrers, um unnütze Fragen an ihn zu richten? Oder hast du eine Absicht? Was hast du damit sagen wollen?«

»Ich habe nichts sagen wollen«, entgegnete Rico schüchtern, »nur fragen, was eine Geige kostet.«

»Du hast mich nicht verstanden, Rico. Paß jetzt auf, was ich dir sage: Ein Mensch spricht etwas aus und denkt sich dabei einen Zweck; oder er denkt sich nichts dabei, das sind dann unnütze Worte. Nun paß auf, Rico: Hast du soeben diese Frage gemacht aus gar keinem Grunde oder aus Neugierde, oder hat dich jemand geschickt, der gern eine Geige anschaffen will?«

»Ich möchte gern eine kaufen«, sagte Rico ein wenig herzhafter; aber er erschrak sehr, als der Lehrer ihn mit einem Male voller Zorn anfuhr: »Was? Was sagst du da? So ein – verlorenes, unver-nünftiges, welsches Büblein, wie du eins bist, eine Geige kaufen? Weißt du denn, was eine Geige ist? Weißt du, wie alt ich war und was ich gelernt hatte, bevor ich eine Geige anschaffen konnte? Lehrer war ich, fertiger Lehrer, zweiundzwanzig Jahre alt und stand in meinem Beruf! Und jetzt so ein Büblein, wie du es bist! Und jetzt will ich dir sagen, was eine Geige kostet, dann kannst du dei-nen Unverstand ermessen. Sechs harte Gulden habe ich dafür be-zahlt; kannst du dir die Summe vorstellen? Wir wollen sie gleich einmal in Pfennige auflösen: Enthält ein Gulden 100 Pfennige, so enthalten sechs Gulden 6 x 100 – gleich? – gleich? – Nun, Rico, du bist doch sonst keiner von den Dummen – gleich?«

»Gleich 600 Pfennige«, ergänzte Rico leise, denn der Schreck versagte ihm die Stimme, als er die Summe überschaute und Stinelis zwölf Pfennige damit verglich.

»Und dann, Büblein«, fuhr der Lehrer weiter fort, »was denkst du dir? Meinst du, man nimmt eine Geige nur in die Hand und spielt? Da muß einer anders dran, bis er soweit ist. Komm gleich einmal hier herein« – und der Lehrer machte die Tür auf und nahm die Geige von der Wand. »Da, nimm sie einmal in den Arm und den Bogen in die Hand. So, Büblein, und wenn du mir nun c d e f herausbringst, so geb' ich dir gleich einen halben Gulden.«

Rico hatte wirklich die Geige im Arm; seine Augen leuchteten wie Feuer auf. C d e f – spielte er fest und ganz richtig. »Du Erzblitzbub«, rief der Lehrer vor Bewunderung aus, »woher kannst du das? Wer hat dich's gelehrt? Wie kannst du die Töne finden?«

»Ich kann noch etwas, wenn ich's spielen darf«, sagte Rico und schaute voller Verlangen auf das Instrument in seinem Arm.

»Spiel's!« nickte der Lehrer. Jetzt spielte Rico voller Sicherheit und mit freudestrahlenden Augen:

»Ihr Schäflein hinunter
Von sonniger Höh',
Der Tag ging schon unter,
Für heute ade!«

Der Lehrer hatte sich auf einen Stuhl niedergelassen und die Brille aufgesetzt. Er schaute jetzt mit ernster Prüfung auf Ricos Finger, dann auf seine funkelnden Augen, dann wieder auf die Finger. Rico hatte fertiggespielt.

Der Lehrer rückte seinen Stuhl ins Licht, und Rico mußte sich gerade vor ihm aufstellen. »So, nun muß ich ein Wort mit dir reden. Dein Vater ist ein Italiener, Rico. Siehst du, dort unten gibt es allerhand Dinge, von denen wir hier in den Bergen nichts wissen. Nun sieh mir in die Augen und sag mir ehrlich und der Wahrheit gemäß: Wie bist du dazu gekommen, die Melodie ohne Fehler auf meiner Geige zu spielen?« Rico schaute den Lehrer mit ehrlichen Augen an und sagte: »Ich habe, sie Euch in der Singschule abgelernt, wo wir sie soviel singen.«

Diese Worte gaben der Sache eine ganz andere Wendung. Der Lehrer stand auf und ging einige Male hin und her. So war er selbst der Urheber dieses erstaunlichen Talentes, es waren also keine Schwarzkünste dabei im Spiel. Mit versöhntem Gemüt zog er jetzt einen Beutel hervor: »Da ist ein halber Gulden, Rico, er gehört dir mit Recht. Nun mach weiter so und sei recht aufmerksam beim Geigenspiel, solange du zur Schule gehst, dann kannst du's zu etwas bringen. In zwölf bis vierzehn Jahren wird es so weit sein, daß du dir auch eine Geige anschaffen kannst. Jetzt darfst du gehen.«

Rico warf noch einen Blick auf die Geige, dann ging er mit betrübtem Herzen davon.

Stineli kam hinter dem Holzstoß hervorgerannt: »Diesmal bist du aber lang geblieben, hast du gefragt?«

»Es ist alles umsonst«, sagte Rico, und seine Augenbrauen kamen vor Leid so nah zusammen, daß ein dicker, schwarzer Strich über den Augen war. »Eine Geige kostet sechshundert Pfennig, und in vierzehn Jahren kann ich eine kaufen, wenn schon lange alles tot ist. Wer sollte in vierzehn Jahren noch am Leben sein! Da, das kannst du haben, ich will's nicht.« Damit drückte er den halben Gulden in Stinelis Hand.

»Sechshundert Pfennig!« wiederholte Stineli voller Entsetzen. »Aber woher hast du das viele Geld hier?« Rico erzählte nun alles, wie es bei dem Lehrer gegangen war, und endete wieder mit den kummervollen Worten: »Jetzt ist alles verloren.«

Stineli wollte ihm wenigstens als einen ganz kleinen Trost seinen halben Gulden aufdrängen; aber er war so zornig über den unschuldigen halben Gulden und wollte ihn nicht einmal ansehen.

Da sagte Stineli: »Dann will ich ihn zu meinen Pfennigen tun, und dann wollen wir das Geld miteinander teilen, und alles gehört uns zusammen.«

Der ferne schöne See ohne Namen

Als Stineli am Sonntagmorgen die Augen aufmachte, hatte es eine große Freude im Herzen und wußte zuerst gar nicht warum, bis es sich besann, daß es Sonntag war und die Großmutter noch spät am Abend gesagt hatte: »Morgen sollst du auch Sonntag haben, der ganze Nachmittag gehört dir!«

Als das Mittagessen vorbei war und Stineli alle Teller weggetragen und den Tisch abgewaschen hatte, rief Peterli: »Komm zu mir, Stineli!« Und die zwei anderen im Bett schrien: »Nein, zu mir!« Und der Vater sagte: »Das Stineli muß nach der Geiß sehen.«

Aber nun ging die Großmutter in die Küche hinaus und winkte dem Stineli nach. »Geh du jetzt los«, sagte sie, »für die Geiß und die Kinder will ich schon sorgen, und wenn's zur Betglocke läutet, kommt heim.« Die Großmutter wußte schon, daß es zwei waren.

Jetzt schoß Stineli wie ein Vogel davon, dem man die Käfigtür aufgemacht hat, und drüben stand Rico, der hatte schon lange gewartet. Nun zogen sie aus über die Wiese hin, der Waldhöhe zu. Die Sonne schien an allen Bergen, und der Himmel lag blau darüber. Auf der Schattenseite mußten sie noch ein wenig im Schnee gehen bis hinauf, aber da kam die Sonne von vorn und flimmerte über den See, und da waren schöne trockene Plätzchen am Abhang, steil über dem Wasser. Da setzten sich die Kinder hin. Es pfiff ein scharfer Wind über die Höhe und sauste ihnen um die Ohren. Stineli war lauter Freude und Glück. Immer wieder rief es aus:

»Sieh, sieh, Rico, die Sonne, wie schön! Jetzt wird's Sommer. Sieh, wie es auf dem See glitzert. Es kann gar keinen schöneren See geben, als der ist«, sagte es jetzt voller Überzeugung.

»Ja, ja, Stineli, du solltest nur einmal den See sehen, den ich meine!« und Rico schaute so verloren über den See hin, als finge, was er ansehen wollte, erst dort an, wo man nichts mehr sah.

»Siehst du, dort stehen nicht so schwarze Tannen mit Nadeln, da gibt es glänzende grüne Blätter und große rote Blumen. Die Berge stehen nicht so hoch und schwarz und so nah, nur in der Ferne liegen sie ganz violett. Am Himmel und auf dem See ist alles golden und so still und warm. Dort pfeift der Wind nicht so, und die Füße hat man nicht so voll Schnee, dort kann man immer so am sonnigen Boden sitzen und zuschauen.«

Stineli war ganz hingerissen. Es sah schon die roten Blumen und den goldenen See vor sich, das mußte doch so schön sein.

»Vielleicht kannst du wieder einmal dahin gehen an den See und alles wieder sehen. Kennst du den Weg?«

»Man geht auf den Maloja. Dort bin ich schon mit dem Vater gewesen. Da hat er mir die Straße gezeigt, die geht den ganzen Weg hinunter, immer so hin und her, und weit unten ist der See, aber noch so weit, daß man fast nicht hinkommen kann.«

»Ach, das ist doch leicht«, meinte Stineli, »du müßtest nur immer weitergehen, so kämst du sicher zuletzt dahin.«

»Aber der Vater hat mir noch etwas gesagt. Siehst du, Stineli: Wenn man auf dem Wege ist und in ein Wirtshaus hineingeht und ißt und schläft da, so muß man immer bezahlen, und dafür muß man wieder Geld haben.«

»Oh, Geld haben wir jetzt soviel!« rief Stineli triumphierend. Rico jedoch triumphierte nicht mit.

»Das ist geradesoviel wie nichts, das weiß ich noch von der Geige«, sagte er traurig.

»So bleib du lieber daheim, Rico, sieh, es ist doch daheim so schön.«

Eine Weile saß Rico nachdenklich da, seinen Kopf auf den Ellbogen gestützt, und seine Augenbrauen kamen wieder ganz zusammen. Jetzt kehrte er sich wieder zu Stineli, das inzwischen von dem weichen grünen Moos ausrupfte und ein Bettlein machte, zwei Kissen und eine Decke, die wollte es dem kranken Urschli bringen. »Du meinst, ich sollte lieber daheim bleiben, Stineli«, sagte er mit gefalteter Stirne. »Weißt du, mir ist es geradeso, als ob ich nicht wüßte, wo ich daheim bin.«

»Ach, was sagst du da!« rief Stineli und warf vor Erstaunen eine ganze Hand voll Moos weg. »Hier bist du daheim, natürlich. Man ist doch immer dort daheim, wo man seinen Vater und seine Mutter –« hier hielt es plötzlich inne. Rico hatte ja gar keine Mutter, und der Vater war schon so lang wieder fort, und die Base? – Stineli kam der Base nie zu nah, sie hatte ihm nie ein gutes Wort gegeben. Es wußte gar nicht mehr, was es sagen sollte. Aber Stineli konnte in einem so unsicheren Zustand nicht lange bleiben. Rico hatte wieder angefangen zu staunen; auf einmal faßte es ihn am Arm und rief: »Nun möchte ich doch wissen, wie heißt der See, wo es so schön ist?«

Rico besann sich. »Ich weiß es nicht«, sagte er, selbst darüber verwundert.

Da schlug Stineli vor, sie wollten jemand fragen, wie er heiße, denn wenn Rico doch einmal viel Geld hätte und gehen könnte, so müßte er ja den Weg erfragen und einen Namen wissen. Nun fingen sie an zu beraten, wen man fragen könnte: den Lehrer oder die Großmutter. Da fiel es Rico ein, der Vater werde es am besten wissen, den wolle er fragen, sobald er heimkomme.

Inzwischen war die Zeit vergangen, und auf einmal hörten die Kinder in der Ferne ein leises Läuten. Sie kannten den Ton, es war die Betglocke. Sie sprangen gleich beide vom Boden auf und rannten miteinander Hand in Hand durch Gestrüpp und Schnee die Halde hinunter und über die Wiese hin, und es hatte noch nicht lange ausgeläutet, so standen sie schon an der Tür, wo die Großmutter auf sie wartete.

Stineli mußte nun gleich ins Haus hinein, und die Großmutter sagte nur schnell: »Geh du auch gleich hinein, Rico, und bleib nicht mehr vor der Tür stehen.«

Das hatte die Großmutter noch nie zu ihm gesagt, obwohl er es immer tat. Er hatte nie große Lust, in das Haus hineinzugehen, und stand immer erst eine Zeitlang vor der Haustür, bevor er's tat. Er gehorchte aber der Großmutter aufs Wort und ging gleich hinein.

Ein trauriges Haus, aber der See hat einen Namen

Die Base war nicht in der Stube, so ging er wieder hinaus und machte die Küchentür auf. Da stand sie: Aber ehe er nur eintreten konnte, hob sie den Finger in die Höh' und machte: »Bst! Bst! Mach nicht alle Türen auf und zu und keinen Lärm, als kämen vier. Geh in die Stube hinein und halte dich still. Der Vater liegt oben in der Kammer. Sie haben ihn auf einem Wagen gebracht, er ist krank.«

Rico ging hinein und setzte sich auf die Bank an der Wand und bewegte sich nicht. So saß er eine gute halbe Stunde. Die Base fuhr noch immer in der Küche herum. Da dachte Rico, er wolle leise in die Kammer hineinschauen, vielleicht wolle der Vater auch etwas zu Abend essen, es war schon lange die Zeit dazu.

Er schlich hinter dem Ofen die kleine Treppe hinauf und kroch in die Kammer hinein. Nach einiger Zeit kam er wieder und ging sofort in die Küche hinaus und bis nahe zur Base heran. Dann sagte er leise: »Base, kommt!«

Diese wollte ihn eben tüchtig anfahren, als ihre Blicke auf sein Gesicht fielen. Es war völlig ohne Farbe, Wangen und Lippen weiß wie ein Tuch, und aus den Augen schaute er so schwarz, daß ihn die Base fast fürchtete.

»Was hast du?« fragte sie hastig und folgte ihm unwillkürlich.

Er ging leise das Treppchen hinauf und in die Kammer hinein. Da lag der Vater mit starren Augen auf seinem Bett. Er war tot.

»Ach, du mein Gott«, schrie die Base und lief schreiend zur Tür hinaus, die auf der anderen Seite auf den Gang führte, die Treppe hinunter und gleich hinüber in die Stube hinein und rief, der Nachbar und die Großmutter sollten herüberkommen. Dann lief sie zum Lehrer und zum Gemeindevorsteher.

So kam eins ums andere und trat in die stille Kammer hinein, bis sie voll von Menschen war, denn einer hörte draußen vom anderen, was geschehen sei. Und mitten in dem Gewimmel und den vielen teilnehmenden Worten von all den Nachbarn stand Rico an dem Bett, lautlos und unbeweglich, und schaute den Vater an. – Die ganze Woche durch kamen noch täglich Leute ins Haus, die den Vater ansehen und von der Base hören wollten, wie alles geschehen sei, so daß es Rico immer wieder aufs neue hörte: Sein Vater hatte drunten im St. Gallischen an einer Eisenbahn Arbeit gehabt. Beim Steinsprengen hatte er eine tiefe Wunde in den Kopf bekommen, und da er nun doch nicht mehr arbeiten konnte, wollte er heimgehen, um sich zu pflegen, bis es besser würde. Aber die lange Reise, teils zu Fuß, teils auf offenen Fuhrwagen, hatte er nicht ertragen können, und war am Sonntag gegen Abend daheim angelangt und hatte sich auf sein Bett gelegt und war nicht wieder aufgestanden. Ohne daß ihn jemand gesehen hatte, war er verschieden, denn Rico hatte ihn schon starr ausgestreckt auf dem Bett gefunden. Am Sonntag darauf wurde der Mann begraben. Rico war der einzige Leidtragende, der dem Sarge folgte, einige gute Nachbarn hatten sich noch angeschlossen. So ging der Zug hinüber nach Sils. Dort hörte Rico, wie der Pfarrer in der Kirche laut vorlas: »Der Verstorbene hieß Enrico Trevillo und war gebürtig aus Peschiera am Gardasee.«

Da war es Rico, als höre er etwas, das er sehr gut gewußt, aber nicht mehr hatte zusammenfinden können. Immer hatte er auch den See vor sich gesehen, wenn er mit dem Vater gesungen hatte:

>>Una sera
In Peschiera –«

Aber er hatte nicht gewußt, warum. Leise mußte er die Namen wiederholen, eine Menge alter Lieder stiegen damit vor seinen Augen auf.

Als er allein zurückgewandert kam, sah er die Großmutter auf dem Holzstumpf sitzen und neben ihr das Stineli. Sie winkte ihn zu sich. Dann steckte sie ihm ein Stück Birnbrot in die Tasche, wie sie vorher dem Stineli auch getan hatte, und sagte, nun sollten sie spazierengehen. Heute solle Rico nicht allein sein. Da wanderten die Kinder zusammen in den hellen Abend hinaus. Die Großmutter blieb auf ihrem Holze sitzen und schaute mitleidig dem schwarzen Büblein nach, bis sie nichts mehr von den Kindern sehen konnte. Dann sagte sie leise für sich:

»Doch was Er tut und läßt geschehn,
Das nimmt ein gutes End!«

Ricos Mutter

Auf dem Weg von Sils kam auf einen Stock gestützt der Lehrer gegangen. Er hatte an dem Begräbnis teilgenommen. Er hustete und keuchte, und als er nun bei der Großmutter angekommen war und einen »Guten Abend« geboten hatte, setzte er hinzu: »Wenn es Euch recht ist, Nachbarin, so sitz ich einen Augenblick neben Euch. Ich habe es stark im Hals und auf der Brust. Aber was kann unsereins mit bald siebzig Jahren schon sagen, wenn man solche begräbt wie den heute. Er war noch nicht fünfunddreißig und ein Mann wie ein Baum.«

Der Lehrer hatte sich neben die Großmutter niedergesetzt.

»Es gibt mir auch zu denken«, sagte diese, »daß ich, eine Alte, Fünfundsiebzigjährige, übrigbleibe und da und dort ein Junges fortmuß, von dem man denkt, es wäre noch nötig gewesen.«

»Die Alten werden auch noch zu etwas gut sein. Wo wäre sonst ein Beispiel für die Jungen?« sagte der Lehrer. »Aber was denkt Ihr, Nachbarin, was soll nun aus dem Büblein da drüben werden?«

»Ja, was soll aus dem Büblein werden?« wiederholte die Großmutter. »Das frage ich mich auch, und wenn ich nur auf die
Menschen sehen wollte, so wüßte ich keine Antwort. Ja, es ist noch
ein Vater im Himmel, der die verlassenen Kinder sieht. Er wird
auch einen Weg für das Büblein finden.«

»Sagt mir einmal, Nachbarin, wie kam es eigentlich, daß der
Italiener die Tochter von Eurer Nachbarin da drüben zur Frau
bekam? Man weiß doch nie, woher solche fremden Menschen
kommen und was mit ihnen ist.«

»Es ging eben, wie es geht, Nachbar. Ihr wißt ja, meine alte Bekannte, die Frau Anne-Dete, hatte alle ihre Kinder verloren und
auch den Mann und lebte allein drüben im Häuschen mit dem
Marie-Seppli, das ein lustiges Töchterlein war. Es mögen jetzt elf
oder zwölf Jahre sein, da kam der Trevillo zuerst hierher. Er hatte
Arbeit oben am Maloja und kam mit den Burschen hier herunter.
Kaum hatten Marie-Seppli und er einander gesehen, so wurden sie
einig, sie wollten einander haben. Und das muß man dem Trevillo
nachsagen, er war nicht nur ein schöner Bursche, der jedem gefallen
konnte, sondern auch ein anständiger und rechtschaffener Mensch,
die Anne-Dete hatte selber ihre Freude an ihm. Sie hätte nun
freilich gern gewollt, die beiden blieben bei ihr im Häuschen, und
der Trevillo hätte es gern getan. Er verstand sich gut mit der
Mutter, und für Marie-Seppli tat er, was es nur wollte. Er war
manchmal mit ihm zum Maloja hinaufspaziert und hatte die Straße
hinuntergeschaut, die man soweit sieht, wie sie ins Tal hinabgeht.
Er hatte ihr erzählt, wie es unten sei, wo er daheim war. Da hatte
sich das Marie-Seppli in den Kopf gesetzt, es wolle dort hinunter,
und es half alles nichts, wie auch die Mutter jammerte und weinte,
sie könnten da unten nicht leben. Da sagte aber der Trevillo, des-
wegen brauche sie keine Angst zu haben, er habe ein Gütlein und
ein Häuschen unten. Er sei nur lieber ein wenig in die Welt hin-
ausgezogen. Jetzt hatte er das Marie-Seppli gewonnen, und nach

der Hochzeit wollte es auf der Stelle den Berg hinunter. Es schrieb dann der Mutter, daß es ihm gut ginge und der Trevillo der beste Mann sei.

Aber nach etwa fünf oder sechs Jahren trat eines Tages der Trevillo drüben in die Stube bei der Anne-Dete ein und hatte ein Büblein an der Hand und sagte: ›Da, Mutter, das ist noch das einzige, was ich vom Marie-Seppli habe. Sie liegt dort unten mit ihren anderen kleinen Kindern begraben. Der war ihr erstes und ihr liebstes.‹

So hat sie's mir erzählt. Dann sei er auf die Bank niedergesessen, wo er zuerst das Marie-Seppli gesehen hatte, und habe gesagt, da wolle er mit seinem Büblein nun bleiben, wenn's der Mutter recht sei, denn dort unten habe er's nicht mehr ausgehalten.

Das war nun Freud und Leid für die Anne-Dete, Der kleine Rico war vier Jahre und war ein braves, nachdenkliches Büblein, ohne Lärm und Unart. Er war ihre letzte Freude, ein Jahr danach starb sie schon, und man riet dem Trevillo, die Base der Anne-Dete für den Haushalt und das Kind zu sich zu nehmen.«

»So, so«, machte der Lehrer, als die Großmutter schwieg. »Das habe ich alles nicht so gewußt. Es kann nun sein, daß sich vielleicht Verwandte von dem Trevillo mit der Zeit melden, und man kann sie bitten, etwas für den Knaben zu tun.«

»Verwandte«, seufzte die Großmutter, »die Base ist auch eine Verwandte, von ihr bekommt er wenig gute Worte im Jahr.«

Der Lehrer stand mühsam von seinem Sitz auf. »Mit mir geht's bergab, Nachbarin«, sagte er kopfschüttelnd. »Ich weiß nicht, wo meine Kräfte hingekommen sind.«

Die Großmutter ermunterte ihn und sagte, er sei ja im Vergleich zu ihr noch ein junger Mann. Sie mußte sich aber doch wundern, wie langsam er davonging.

Ein kostbares Vermächtnis und ein kostbares Vaterunser

Es kamen nun viele schöne Sommertage, und wo die Großmutter nur konnte, richtete sie es ein, daß das Stineli einen freien Augenblick bekam, aber es gab in dem Hause immer mehr zu tun. Rico stand manche Stunde auf seiner Schwelle und staunte und sah auf die Tür drüben, ob das Stineli wohl käme.

Im September, wenn die Leute oft noch vor den Häusern saßen, um sich der letzten warmen Abende zu freuen, da saß auch der Lehrer manchmal noch vor seiner Tür, aber er sah ganz abgemagert aus und keuchte immer mehr. Eines Morgens, als er aufstehen wollte, hatte er nicht mehr die Kraft und fiel wieder auf sein Kissen zurück. Da lag er denn ganz still und fing an, allerlei zu bedenken, und wie es werden würde, wenn er sterben müßte. Er hatte keine Kinder, und seine Frau war schon lange gestorben, nur eine alte Magd war noch bei ihm im Hause. Er mußte hauptsächlich nachdenken, wohin alle die Sachen kämen, die ihm gehörten, wenn er nicht mehr da wäre, und weil seine Geige gerade ihm gegenüber an der Wand hing, so sagte er zu sich: »Die müßte ich auch dalassen.« Und der Tag fiel ihm ein, als der Rico hier vor ihm gestanden und gegeigt hatte, und er hätte sie dem Büblein fast eher gegönnt als einem fernen Vetter, der vom Geigen gar nichts verstand. So dachte er, wenn er sie billig verkaufen würde, könnte sie der Rico vielleicht erstehen. Der Vater hatte ihm doch wohl etwas hinterlassen. Da fiel ihm aber ein, daß, wenn er die Geige verlassen müsse, er das Geld auch nicht mehr brauchen könne. Allein er konnte doch ein Instrument, für das er sechs harte Gulden auf den Tisch gelegt hatte, nicht nur so weggeben. So dachte er immer schärfer darüber nach, wie es zu machen wäre, daß er die Geige nicht so für nichts hergeben müßte, und wie sie ihm doch irgend etwas eintrüge. Dann kam ihm immer wieder klar vor Augen, daß dorthin, wohin er die Geige nicht mitnehmen konnte, er auch nichts anderes fortzubringen imstande war und daß all sein Gut hier zurückbleiben werde.

Das Fieber nahm inzwischen bei ihm mehr und mehr überhand, und gegen Abend und die ganze Nacht durch lag er in einem großen Kampf mit vielen Gedanken. Es stiegen alte Dinge vor seinen Augen auf, die er schon lange vergessen hatte, und verfolgten ihn, so daß er am Morgen sehr erschöpft dalag und nur noch einen Gedanken hatte: Er wolle gern etwas Gutes tun und gleich auf der Stelle ein gutes Werk verrichten.

Er klopfte mit dem Stock an die Wand, bis die alte Magd hereinkam, und diese schickte er zur Großmutter hinaus, sie solle zu ihm kommen, aber bald.

Die Großmutter trat auch bald danach in seine Stube, und eh sie nur recht fragen konnte, wie es ihm ginge, sagte er: »Seid so gut und nehmt dort die Geige herunter und bringt sie dem Waisenbüblein. Ich will sie ihm schenken, er soll sie in Ehren halten.«

Die Großmutter mußte sich aufs höchste wundern und immer wieder ausrufen: »Was wird der Rico machen! Was wird der Rico sagen!«

Dann sah sie, daß der Lehrer ein wenig unruhig wurde, so, als ob die Sache Eile hätte. Deshalb verließ sie ihn bald und eilte nun, so schnell sie konnte, mit ihrem Geschenk unter dem Arm übers Feld, denn sie konnte es selbst kaum erwarten, daß der Rico sein Glück erführe.

Der stand vor der Haustür. Auf den Wink der Großmutter kam er ihr entgegengelaufen.

»Da, Rico«, sagte sie und hielt ihm die Geige hin, »die schickt dir der Lehrer zum Geschenk, sie ist dein.«

Rico stand da wie im Traum, aber es war so: Die Großmutter streckte ihm wirklich die Geige entgegen.

»Nimm sie, Rico, sie ist dein«, wiederholte sie.

Zitternd vor Freude und innerer Aufregung ergriff Rico jetzt seine Geige, nahm sie in den Arm und schaute sie unverwandt an, so als könne sie ihm wieder verlorengehen, wenn er einmal wegginge.

»Du sollst sie auch in Ehren halten«, ergänzte die Großmutter ihren Auftrag. Sie mußte aber ein wenig lachen, es kam ihr nicht so vor, als ob die Ermahnung nötig sei. »Und, Rico, denk auch an den Lehrer und vergiß nie, was er an dir getan hat. Er ist sehr krank.«

Nun ging die Großmutter in ihr Haus, und Rico eilte mit seinem Schatz in seine Kammer hinauf.

Da saß er und strich und geigte fort und fort und vergaß Essen und Trinken und alle Zeit. Erst als es schon fast dunkeln wollte, stand er auf und ging die Treppe hinunter. Die Base kam aus der Küche und sagte: »Du kannst denn morgen wieder essen, heut hast du dich so aufgeführt, daß du nichts bekommst.«

Rico empfand keinen Hunger, obwohl er seit dem frühen Morgen nichts gegessen hatte. Er hatte auch jetzt nicht ans Essen gedacht und ging ganz getrost ins andere Haus hinüber und gleich in die Küche hinein, er suchte die Großmutter. Stineli stand am Herd und machte das Feuer an. Als es Rico sah, mußte es laut aufjauchzen, denn schon den ganzen Tag, seit die Großmutter erzählt hatte, was geschehen war, hatte ihm der Boden unter den Füßen gebrannt, daß es nicht hinaus konnte, um seine Freude beim Rico auszulassen. Es konnte aber keinen Augenblick fort. Nun war es auch wie außer sich und rief einmal ums andere: »Jetzt hast du sie! Jetzt hast du sie!«

Durch den Lärm kam die Großmutter aus der Stube, und Rico ging gleich zu ihr und sagte: »Großmutter, kann ich gehen und dem Lehrer danken, weil er doch krank ist?«

Die Großmutter überlegte ein wenig, denn der Lehrer hatte schon am Morgen recht schwerkrank ausgesehen. Dann sagte sie: »Wart ein wenig, Rico, ich will mit dir gehen«, und ging, um die saubere Schürze anzuziehen. Dann wanderten sie miteinander dem Schulhaus zu. Die Großmutter trat zuerst ein, dann kam ihr Rico leise nach, die Geige im Arm, denn diese hatte er, seit sie ihm gehörte, noch keinen Augenblick weggelegt.

Der Lehrer lag sehr ermattet da. Rico trat an das Bett heran und schaute dabei auf seine Geige, und er konnte fast nichts sagen, doch seine Augen funkelten so, daß der Lehrer ihn wohl verstanden hatte. Er warf einen frohen Blick auf den Knaben und nickte mit dem Kopfe. Dann winkte er die Großmutter zu sich heran. Rico trat auf die Seite, und der Lehrer sagte mit schwacher Stimme: »Großmutter, es wäre mir recht, wenn Ihr mir ein Vaterunser beten wolltet. Es wird mir so bang.«

Jetzt hörte man die Betglocke herüberläuten. Rico faltete schnell seine Hände, und die Großmutter faltete die ihrigen und betete ihr Vaterunser. Dann wurde es ganz still in der Stube. Die Großmutter beugte sich ein wenig und drückte dem alten Nachbarn die Augen zu, denn er war verschieden. Dann nahm sie den Rico an der Hand und ging leise mit ihm hinaus.

Am Silser See

Das Stineli kam vor Freude die ganze Woche durch gar nicht mehr ins Gleichgewicht, ja, es schien ihm so, als habe diese Woche zehn Tage mehr als jede andere, denn es wollte gar nicht Sonntag werden.

Als er aber endlich kam und eine goldene Sonne über die Herbsthöhen leuchtete und es mit dem Rico oben bis zu den Tannen stieg und der glitzernde See vor ihnen lag, da kam eine solche Freude über das Stineli, daß es rings im Moos herumhüpfen und jauchzen mußte. Dann setzte es sich auf den äußersten Rand am Abhang, damit es alles sehen konnte, die sonnigen Höhen und den See und weit hinüber den blauen Himmel.

Nun rief es: »Komm, Rico, hier wollen wir singen, lang, lang!«

Da setzte sich der Rico neben das Stineli und machte seine Geige zurecht, denn die war mitgekommen.

Nun fing er an, und die Kinder sangen:

»Ihr Schäflein hinunter
Von sonniger Höh' –«

alle Verse durch, aber Stineli hatte noch lange nicht genug.

Und nun fingen sie wieder von vorne an und sangen ihr Lied hintereinander durch und hatten eine große Freude daran, und wenn sie es fertiggesungen hatten, so fingen sie noch einmal an und dann noch einmal und sangen das Lied wohl zehnmal durch, und je mehr sie sangen, desto besser gefiel es ihnen.

Vor lauter Gesang hörten sie auch gar nichts von der Betglocke, und erst als es zu dunkeln anfing, merkten sie, daß es Zeit war, heimzugehen. Schon von fern sahen sie die Großmutter, wie sie ängstlich umherschaute.

Diesmal freilich war Stineli zu sehr im Feuer, um von einer Besorgnis gedämpft zu werden. Es rannte auf die Großmutter zu und rief: »Du wirst es nicht glauben, Großmutter, wie gut der Rico geigen kann, und wir haben jetzt ein eigenes Lied, nur für uns. Wir wollen dir's gleich vorsingen.«

Und eh die Großmutter nur ein Wort sagen konnte, sangen sie schon mit heller Stimme zu der Geige ihr ganzes Lied durch, und die Großmutter hörte die frischen Stimmen gerne. Sie hatte sich auf das Holz gesetzt, und als die Kinder nun zu Ende waren, sagte sie: »Komm, Rico, jetzt mußt du mir auch noch ein Lied spielen, und wir wollen es miteinander singen. Kennst du das Lied ›Ich singe dir mit Herz und Mund‹?«

Nun fingen sie an, und vor jedem Vers sagte die Großmutter den Kindern die Worte, und so sangen sie alle fröhlich miteinander.

»So«, sagte die Großmutter zufrieden, »das war ein rechter Abendsegen, jetzt könnt ihr in Frieden zur Ruhe gehen, Kinder.«

Ein rätselhaftes Ereignis

Als Rico später als sonst in das Häuschen eintrat, denn über dem Gesang war wohl noch eine halbe Stunde vergangen, schoß ihm die Base entgegen.

»Fängst du jetzt so an?« rief sie. »Das Essen stand eine Stunde lang auf dem Tisch, jetzt ist's fort. Geh nur gleich in deine Kammer, und wenn du ein ganzer Vagabund und Lump wirst, so bin ich nicht schuld. Ich wollte lieber ich weiß nicht was tun, als einen Buben hüten, wie du einer bist.«

Rico hatte nie ein einziges Wörtlein geantwortet, wenn die Base ihn schmähte, aber an dem Abend schaute er sie an und sagte: »Ich kann Euch schon aus dem Weg gehen, Base.«

Sie schob den Riegel an der Haustür vor, daß es klatschte, dann fuhr sie in die Stube hinein und schlug die Tür hinter sich zu. Rico ging in seine dunkle Kammer hinauf. Am folgenden Tage, als drüben die ganze große Familie, Eltern, Großmutter und alle Kinder beim Abendessen saßen, kam die Base herübergelaufen und rief in die Stube hinein, ob sie etwas vom Rico wüßten, sie wisse nicht, wo er sei.

»Der wird schon kommen, wenn's ans Abendessen geht«, antwortete der Vater geruhlich.

Nun kam aber die Base ganz in die Stube hinein, denn sie hatte gedacht, sie brauche den Buben nur herauszurufen, er werde wohl da sein. Nun erzählte sie, er sei schon zum Morgenessen nicht gekommen und zum Mittagessen nicht, und im Bett sei er auch nicht gewesen, das sei noch wie gestern abend. Sie glaube fast, der sei schon am frühesten Morgen vor Tag auf seine Lumpereien ausgegangen, denn der Riegel sei inwendig von der Haustür weggeschoben gewesen, als sie auftun wollte. Sie habe aber zuerst gedacht, sie habe vor Ärger vergessen, ihn zuzustoßen, denn es wisse kein Mensch, was sie für Ärger habe.

»Dem hat's etwas gegeben«, sagte der Vater unentwegt. »Er wird vielleicht in eine Spalte am Berg oben hineingefallen sein. Das gibt es manchmal bei so schmalen Buben, die überall herumklettern. Ihr hättet es ein wenig früher sagen sollen«, fuhr er langsam fort, »man wird ihn suchen müssen, und des Nachts sieht man nichts.«

»Es glaubt es kein Mensch« – rief sie aus und sagte damit eine große Wahrheit – »was für ein heimtückischer, hinterlistiger, verstockter Bub der ist und wie er mir das Leben seit vier Jahren schwergemacht hat. Ein Vagabund wird er, ein Landstreicher und schädlicher Lump!«

Die Großmutter hatte schon lange zu essen aufgehört. Sie war vom Tisch aufgestanden und vor die Base hingetreten, die immer noch lärmte.

»Hört auf, Nachbarin, hört auf!« hatte die Großmutter zweimal gesagt, bevor die andere nachgab. »Ich kenne den Rico auch. Seit man das Büblein seiner Großmutter brachte, habe ich es immer gekannt. Wenn ich aber an Eurer Stelle wäre, so würde ich kein Wörtlein mehr sagen, aber ein wenig nachdenken, ob das Büblein, dem ein Unglück begegnet sein kann und das vielleicht schon da droben vor dem lieben Gott steht, ob es da niemanden anzuklagen hat, der in seiner Verlassenheit noch schweres Unrecht mit bösen Worten an ihm getan hat.«

Der Base war es schon ein paarmal eingefallen, wie sie Rico am Abend angeschaut und gesagt hatte: »Ich kann Euch schon aus dem Weg gehen.« Sie hatte auch nur so furchtbar getobt, um diese Gedanken zu übertönen. Sie durfte die Großmutter nicht ansehen und sagte, sie müsse gehen, vielleicht sei der Rico nun doch heimgekommen, was sie jetzt gern genug gesehen hätte.

Von dem Tage an sagte die Base nie mehr vor der Großmutter ein Wort gegen den Rico, freilich auch sonst nicht mehr viele. Sie glaubte, wie alle anderen Leute auch, er sei tot, und war froh, daß niemand wußte, was er am letzten Abend zu ihr gesagt hatte.

Ein wenig Licht

Aber Stineli wurde stiller und von Tag zu Tag magerer. Die kleinen Kinder schrien: »Das Stineli will nichts erzählen und lacht nicht mehr.« Die Mutter sagte zum Vater: »Siehst du's denn nicht? Es ist ja nicht mehr das gleiche.« Und der Vater sagte: »Das kommt vom Wachsen, man muß ihm am Morgen im Stall ein wenig Geißmilch geben.«

Doch als drei Wochen so vergangen waren, da nahm die Großmutter eines Abends das Stineli in ihre Kammer hinauf und sagte: »Sieh, Stineli, ich kann es wohl begreifen, daß du den Rico nicht vergessen kannst, aber du mußt doch denken, daß der liebe Gott ihn weggenommen hat, und wenn es so sein mußte, so war es gut für den Rico, das werden wir noch einmal sehen.«

Da fing das Stineli so zu weinen an, wie es die Großmutter nie an ihm erlebt hatte, und es schluchzte überlaut: »Der liebe Gott hat es ja nicht getan, ich habe es getan, Großmutter. Deshalb muß ich vor Angst ja fast sterben, denn ich habe den Rico angestiftet, an den See hinabzugehen. Nun ist er in die Rüfenen hineingefallen und ist tot, und es hat ihm noch so weh getan, und ich bin an allem schuld.« Und Stineli schluchzte zum Erbarmen.

Der Großmutter war eine schwere Last vom Herzen gefallen. Sie hatte den Rico verloren gegeben, und heimlich hatte sie der quälende Gedanke verfolgt, das arme Büblein sei der bösen Behandlung entlaufen und liege vielleicht drüben im Wasser oder sei im Walde zugrunde gegangen. Jetzt stieg auf einmal eine neue Hoffnung in ihr auf.

Sie beruhigte Stineli so weit, daß es ihr die ganze Geschichte von dem See erzählen konnte, von der sie gar nichts wußte. Daß der Rico immer von dem See gesprochen und es ihn dahin gezogen hatte und wie Stineli den Weg fand. Es war ganz sicher, daß Rico sich dahin auf den Weg gemacht hatte, aber des Vaters Worte von den Rüfenen hatten das Stineli um alle Hoffnung gebracht.

Die Großmutter nahm das Kind bei der Hand und zog es zu sich heran. »Komm, Stineli«, sagte sie liebreich, »ich muß dir nun etwas erklären. Weißt du, wie's in dem alten Liede heißt, das wir noch am letzten Abend mit dem Rico gesungen haben?

›Denn was Er tut und läßt geschehn,
Das nimmt ein gutes End.‹

Siehst du, wenn nun auch der liebe Gott es nicht selbst getan hat, so war doch die Sache in seiner Hand, als du etwas Verkehrtes tatest, denn einem solchen kleinen Stineli wäre er schon noch Meister geworden. Und daß du etwas recht Verkehrtes getan hast, wirst du jetzt für dein Lebtag wissen, und was da herauskommen kann, wenn Kinder in die Welt hinauslaufen und Sachen unternehmen wollen, die sie gar nicht kennen, und niemanden ein Wort davon sagen, nicht den Eltern und nicht der Großmutter, die es gut mit ihnen meinen. Aber nun hat das der liebe Gott so gemacht, und nun dürfen wir bestimmt hoffen, daß alles noch ein gutes Ende nehmen kann.

Jetzt denk daran, Stineli, und vergiß nie mehr, was du da erfahren hast. Weil es dir aber recht von Herzen leid tut, so darfst du jetzt auch gehen und den lieben Gott bitten, daß er doch noch etwas Gutes aus dem verkehrten Zeug mache, das ihr da angestellt habt, du und der Rico. Dann darfst du auch wieder fröhlich sein, Stineli, und ich bin es mit dir, denn ich glaube zuversichtlich, daß der Rico noch am Leben ist und daß ihn der liebe Gott nicht verläßt.«

Von dem Tage an wurde Stineli wieder munter, und wenn ihm auch der Rico auf jedem Schritt fehlte, so hatte es doch keine Angst und keine Vorwürfe mehr im Herzen. Tag für Tag schaute es nach der Straße hinüber, ob nicht vielleicht der Rico dort vom Maloja herunterkäme. So ging die Zeit dahin, aber vom Rico hörte man nichts mehr.

Eine lange Reise

Rico hatte sich an jenem Sonntagabend in seiner dunklen Kammer auf seinen Stuhl gesetzt. Da wollte er bleiben, bis die Base zu Bett gegangen war.

Nachdem Stineli die Entdeckung gemacht hatte, wie die Reise nach dem See auszuführen wäre, kam Rico die Sache so leicht vor, daß er sich nur noch überlegen wollte, wann er am besten gehen könne. Er hatte ein Gefühl, daß die Base ihn vielleicht zurückhalten würde, wenn er auch wußte, daß er ihr nicht stark fehlen werde.

Als sie dann beim Heimkommen so auf ihn losschalt, dachte er: »So will ich gleich gehen, wenn sie im Bett ist.«

Als er nun so im Dunkeln auf seinem Stuhl saß, dachte er nach, wie schön es sein würde, wenn er nun viele Tage lang die Base nie mehr werde schelten hören, und welch große Büschel von den roten Blumen er dem Stineli mitbringen wolle, wenn er zurückkomme. Und dann sah er die sonnigen Ufer und die violetten Berge vor sich und war eingeschlafen.

Er war aber nicht in einer sehr bequemen Lage, denn die Geige hatte er nicht aus der Hand gelegt, daher erwachte er nach einiger Zeit wieder, es war aber noch ganz dunkel. Nun fiel ihm aber gleich alles ein. Er war noch in seinem Sonntagsanzug, das war gut. Seine Kappe hatte er noch von gestern her auf dem Kopf, die Geige nahm er unter den Arm, und so ging er leise die Treppe hinunter, schob den Riegel weg und zog in die kühle Morgenluft hinaus. Über den

Bergen fing es schon leise an zu tagen und in Sils krähten die Hähne. Er ging tüchtig drauflos, damit er von den Häusern weg und auf die große Straße komme. Nun war er da und wanderte vergnügt weiter, denn da war ihm alles so wohlbekannt, er war oft mit dem Vater da hinaufgegangen. Wie lang es aber dauerte, bis man auf den Maloja gelangte, wußte er nicht mehr so genau, und es kam ihm lange vor, als er schon mehr als zwei gute Stunden gewandert war.

Nun kam nach und nach der helle Tag, und als er nach noch einer guten Stunde auf dem Platze vor dem Wirtshaus oben am Maloja angekommen war, da, wo er oft mit dem Vater die Straße hinuntergeschaut hatte, da lag ein sonniger Morgen über den Bergen, und die Tannenwipfel waren alle wie von Gold. Rico setzte sich an den Rand der Straße nieder, er war schon recht müde, und nun merkte er auch, daß er seit dem vorhergehenden Mittag nichts mehr gegessen hatte. Aber er war nicht verzagt, denn nun ging es bergab, und danach konnte plötzlich der See kommen. Wie er so dasaß, kam der große Postwagen herangerasselt. Den hatte er schon oft gesehen, wenn er bei Sils vorbeifuhr, und immer dabei gedacht, das höchste Glück auf Erden hätte ein Kutscher, der immerfort mit einer Peitsche auf einem Bock sitzen und fünf Rosse regieren könnte. Nun sah er einmal den Glücklichen in der Nähe, denn der Postwagen hielt an. Rico wandte nun kein Auge von dem merkwürdigen Mann, der von seinem hohen Sitz herunterkam, ins Wirtshaus eintrat und mit riesigen Stücken Schwarzbrot, über welchen ein großer Käse lag, wieder aus dem Hause trat.

Nun zog der Kutscher ein festes Messer hervor und zerteilte sein Brot, und einem Pferd nach dem anderen steckte er einen guten Bissen ins Maul. Zwischendurch kam er selbst an die Reihe, auf sein Stück Brot kam immer ein großes Stück Käse. Wie sie nun alle zusammen so vergnügt aßen, schaute der Kutscher sich ein wenig um, und mit einem Male rief er: »He, kleiner Musikant, willst du auch mithalten? Komm her!«

Erst seit Rico das Essen vor sich gesehen, hatte er gemerkt, wie sehr er Hunger hatte. Er folgte gern der Einladung und trat zu dem Kutscher heran. Der schnitt ihm ein herrlich großes Stück Käse ab und legte dieses auf ein viel dickeres Stück Brot, so daß Rico kaum wußte, wie er die Dinge bewältigen solle.

Er mußte seine Geige ein wenig auf den Boden legen. Der Kutscher schaute freundlich zu, wie Rico in sein Frühstück biß, und während er selbst sein Geschäft fortsetzte, sagte er:

»Du bist noch ein kleiner Geiger, kannst du denn auch etwas?«

»Ja, zwei Lieder, und dann noch das vom Vater«, antwortete Rico.

»So, und wo willst du denn auf deinen zwei kleinen Beinen hin?« fuhr der Kutscher fort.

»Nach Peschiera am Gardasee«, war Ricos ernsthafte Antwort.

Jetzt entfuhr dem Kutscher ein so kräftiges Gelächter, daß Rico erstaunt zu ihm aufsah.

»Du bist ein guter Fuhrwerker, du«, lachte der Kutscher noch einmal. »Weißt du denn nicht, wie weit das ist und daß ein schmales Musikäntlein, wie du eins bist, sich beide Füße mitsamt den Sohlen durchliefe, bevor es einen Tropfen Wasser vom Gardasee gesehen hätte? Wer schickt dich denn dort hinunter?«

»Ich gehe von selber«, sagte Rico.

»So etwas ist mir noch nicht vorgekommen«, lachte der Kutscher gutmütig. »Wo bist du daheim, Musikant?«

»Ich weiß es nicht recht, vielleicht am Gardasee«, erwiderte Rico völlig ernst.

»Ist das eine Antwort!« Jetzt schaute der Kutscher den Knaben vor sich genau an. Wie ein verlaufenes Bettelbüblein sah der Rico nicht aus. Der schwarze Lockenkopf über dem Sonntagsanzug sah recht stattlich aus, und das feine Gesichtchen mit den ernsthaften

Augen trug einen edlen Stempel. Man schaute es gern noch einmal an, wenn man es gesehen hatte.

Dem Kutscher schien es auch so zu gehen, er schaute den Rico fest an und dann noch einmal richtig, dann sagte er freundlich: »Du trägst deinen Paß auf dem Gesicht mit, Büblein, und es ist kein schlechter, wenn du auch nicht weißt, wo du daheim bist. Was gibst du mir nun, wenn ich dich neben mich auf den Bock nehme und dich weit hinunterbringe?«

Rico staunte, als wäre es fast nicht möglich, daß dieser Mann diese Worte wirklich ausgesprochen habe. Auf dem hohen Postwagen ins Tal hinuntergefahren, ein solches Glück hätte er nie für sich für möglich gehalten. Aber was konnte er dem Kutscher geben?

»Ich habe nichts als eine Geige, und die kann ich Euch nicht geben«, sagte der Rico traurig nach einigem Überlegen.

»Ja, mit dem Kasten wüßte ich auch nichts anzufangen«, lachte der Kutscher. »Komm, nun sitzen wir auf, und du kannst mir ein wenig Musik machen.«

Rico traute seinen Ohren nicht, aber wahrhaftig! der Kutscher schob ihn über die Räder auf den hohen Sitz hinauf und kletterte nach. Die Reisenden waren wieder eingestiegen, der Wagen wurde zugeschlagen, und nun ging's die Straße hinunter, die bekannte Straße, die Rico sich so oft von oben her angeschaut und gewünscht hatte, da hinunterzukommen. Nun war die Erfüllung da und wie schön! Hoch oben zwischen Himmel und Erde flog der Rico dahin und konnte es noch immer fast nicht glauben, daß er es selber sei.

Der Kutscher wunderte sich nun doch ein wenig, wem denn das Büblein neben ihm gehören könnte.

»Sag mir einmal, du kleine fahrende Habe, wo ist denn dein Vater?« fragte er.

»Der ist tot«, antwortete Rico.

»So, und wo ist deine Mutter?«

»Die ist tot.«

»So, und dann hat man noch etwa einen Großvater und eine Großmutter, wo sind diese?«

»Die sind tot.«

»So, so, aber einen Bruder oder eine Schwester hast du ja sicher. Wo sind die hingekommen?«

»Sie sind tot«, war immer Ricos traurige Antwort.

Als nun der Kutscher sah, daß alles tot war, ließ er die Verwandtschaft in Ruhe und fragte nur: »Wie hieß dein Vater?«

»Enrico Trevillo von Peschiera am Gardasee«, erwiderte Rico.

Nun überlegte der Mann sich die Dinge ein wenig und dachte sich: Das ist ein verschlepptes Büblein von da unten herauf, und es ist gut, daß es wieder an seinen Ort kommt. Dann ließ er die Sache liegen.

Als nun nach der ersten steil abwärts gehenden Strecke der Bergstraße der Weg etwas ebener wurde, sagte der Kutscher: »So, Musikant, nun spiel einmal ein lustiges Liedlein auf.«

Da nahm Rico die Geige vor und war so fröhlich da oben auf seinem Thron, unter dem blauen Himmel hinfahrend, daß er mit der hellsten Stimme anfing und kräftig drauflossang:

>   »Ihr Schäflein hinunter
>   Von sonniger Höh' –«

Drinnen im Wagen machten die Reisenden alle Fenster auf und steckten die Köpfe heraus, um den frohen Gesang zu hören. Dann fing Rico von neuem an, und die Studenten sangen von neuem mit und teilten das Lied in Soli und Chöre. Da sang die Solostimme ganz feierlich:

>   »Und ein See ist wie ein andrer
>   Von Wasser gemacht.«

und dann wieder:

>»Und tät' er nichts denken,
So tät' ihm nichts weh.«

und dazwischen fiel der Chor ein, und sie sangen mit aller Kraft:

>»Und die Schäflein und die Schäflein –«

und danach wollten sie sich wieder totlachen und konnten eine ganze Weile vor Gelächter nicht weitersingen.

Aber nun hielt der Kutscher auf einmal still, denn es mußte haltgemacht und ein Mittagessen eingenommen werden. Als er Rico hinunterhob, hielt er ihm sorgfältig seine Kappe fest, denn da war all das Geld drin, das die Reisenden ihm zugeworfen hatten, und Rico hatte genug zu tun, seine Geige zu halten.

Der Kutscher war recht vergnügt, als er die Kappe in Ricos Hand zurückgab, und sagte: »So ist's recht, nun kannst du auch Mittag essen.«

Die Studenten sprangen hinunter, einer nach dem anderen, und alle wollten nun den Geiger sehen, denn sie hatten ihn von ihren Sitzen aus nicht richtig sehen können. Als sie nun das schmächtige Männlein sahen, da ging die Verwunderung und die Heiterkeit erst recht wieder los. Sie hätten der guten Stimme nach einen größeren Menschen erwartet, nun war der Spaß doppelt groß. Sie nahmen das Büblein in ihre Mitte und zogen mit Gesang ins Wirtshaus ein. Da mußte denn der Rico an dem schöngedeckten Tisch zwischen zwei der Herren sitzen, und sie sagten, er sei nun ihr Gast, und legten ihm alle drei miteinander jeder ein Stück auf den Teller, denn keiner wollte ihm weniger geben. Ein solches Mittagessen hatte Rico in seinem ganzen Leben noch nie eingenommen.

»Und von wem hast du dein schönes Lied, Geigerlein?« fragte nun einer von den dreien.

»Vom Stineli, es hat es selbst gemacht«, antwortete Rico ernst.

Die drei sahen sich an und brachen wieder in ein neues, schallendes Lachen aus.

»Das ist schön vom Stineli«, rief der eine, »nun wollen wir es gleich hochleben lassen.«

Rico mußte auch anstoßen und tat es fröhlich auf Stinelis Gesundheit.

Nun war die Zeit um, und als man wieder zum Wagen herantrat, kam ein dicker Mann auf Rico zu, der hatte einen so großen Stock in der Hand, daß man denken konnte, er habe einen jungen Baum ausgerissen. Er war in einen festen, gelbbraunen Stoff von oben bis unten gekleidet.

»Komm her, Kleiner«, sagte er, »du hast so schön gesungen. Ich habe dich hier drinnen im Wagen gehört, und ich habe es auch wie du mit den Schafen zu tun. Weißt du, ich bin ein Schafhändler, und weil du so schön von den Schafen singen kannst, sollst du von mir auch etwas haben.« Damit legte er ein schönes Stück Silbergeld in Ricos Hand, denn die Kappe war inzwischen geleert und alles in die Tasche gesteckt worden.

Dann stieg der Mann auf seinen Platz in den Wagen und Rico wurde vom Kutscher wie eine Feder hinaufgehoben, und dann ging's wieder davon.

Wenn der Wagen nicht zu rasch fuhr, wollten die Studenten immer gleich Musik haben, und Rico spielte alle Melodien, deren er sich nur noch vom Vater her erinnern konnte. Zuletzt spielte er noch: »Ich singe dir mit Herz und Mund.«

Bei dieser Melodie mußten die Studenten ganz sanft eingeschlafen sein, denn es war alles still geworden. Nun schwieg die Geige auch, und der Abendwind kam milde herangeweht, und leise stiegen die Sternlein am Himmel auf, eins nach dem andern, bis sie ringsum strahlten, wo Rico auch hinsah. Und er dachte an Stineli und die Großmutter, was sie nun tun würden, und es fiel ihm ein, daß um diese Zeit die Betglocke läutete und die beiden ihr Vaterunser beteten. Das wollte er auch tun. Es war dann so, als ob er bei ihnen wäre, und Rico faltete die Hände und betete unter dem leuchtenden Sternenhimmel andächtig sein Vaterunser.

Es geht noch weiter

Rico war auch eingeschlafen. Er erwachte davon, daß ihn der Kutscher packte, um ihn herunterzunehmen. Nun stieg alles aus und herunter, und die drei Studenten kamen noch auf Rico zu, schüttelten ihm die Hand und wünschten ihm viel Glück auf die Reise. Und einer rief: »Grüß uns auch freundlich das Stineli!«

Dann verschwanden sie in einer Straße, und Rico hörte, wie sie noch einmal anstimmten: »Und die Schäflein und die Schäflein –«

Nun stand Rico in der dunklen Nacht da und hatte gar keine Ahnung, wo er war, und auch nicht, was er tun solle. Da fiel ihm ein, daß er nicht einmal dem Kutscher gedankt hatte, der ihn doch soweit hatte mitfahren lassen, und er wollte es gleich nachholen.

Aber der Kutscher war mitsamt den Pferden verschwunden, und es war ringsum dunkel: Nur drüben hing eine Laterne, auf diese ging Rico zu. Sie hing an der Stalltür, wo die Pferde eben hineingeführt wurden. Daneben stand der Mann mit dem dicken Stock, er schien auf den Kutscher zu warten. Rico stellte sich auch hin und wartete.

Der Schafhändler mußte ihn in der Dunkelheit nicht gleich erkannt haben, auf einmal sagte er erstaunt: »Was, bist du auch noch da, Kleiner, wo willst du denn deine Nacht zubringen?«

»Ich weiß nicht, wo«, antwortete Rico.

»Das wäre der Tausend! Um elf Uhr in der Nacht ein solches bißchen von einem Buben wie du, und im fremden Lande –«

Der Schafhändler mußte seine Worte richtig herausblasen, denn in der Erregung kam er nicht gut zu Atem. Er beendete aber seinen Satz nicht, denn der Kutscher kam aus dem Stall, und Rico lief gleich auf ihn zu und sagte: »Ich habe Euch noch danken wollen, daß Ihr mich mitgenommen habt.«

»Das ist gerade richtig, daß du noch kommst, sonst hätte ich dich über den Rossen vergessen und wollte dich doch da einem Bekannten übergeben. Eben wollte ich Euch fragen, guter Freund«, fuhr er, zum Schafhändler gewandt, fort, »ob Ihr nicht das Büblein mitnehmen würdet, weil Ihr doch ins Bergamaskische hinabgeht. Es muß an den Gardasee hinunter, irgendwohin. Es ist so eins von denen, die so hin und her – Ihr versteht mich schon.«

Dem Schafhändler fielen allerhand Geschichten von gestohlenen und verlorenen Kindern ein, und er schaute Rico im Schein der Laterne mitleidig an und sagte halblaut zum Kutscher: »Er sieht auch so aus, als ob es nicht sein rechtes Futteral wäre, in dem er steckt. Er wird wohl in ein Herrenmäntelchen hineingehören. Ich nehme ihn mit.«

Nachdem er noch einen Schafhandel mit dem Kutscher besprochen, nahmen die beiden voneinander Abschied, und der Schafhändler winkte Rico, daß er mit ihm kommen solle.

Nach einer kurzen Wanderung trat der Mann in ein Haus und gleich darauf in eine große Wirtsstube ein, wo er sich mit Rico in einer Ecke niederließ.

»Nun wollen wir einmal deine Barschaft ansehen«, sagte er zu Rico, »damit wir wissen, was sie aushalten kann. Wohin mußt du unten am See?«

»Nach Peschiera am Gardasee«, war Ricos unveränderliche Antwort. Er zog nun seine Geldstücke alle hervor, ein ansehnliches Häuflein kleiner Münzen und oben darauf das größere Silberstück.

»Hast du nur das eine gute Stück?« fragte der Händler.

»Ja, nur das, von Euch hab’ ich’s«, entgegnete Rico.

Das gefiel dem Mann, daß er allein ein großes Stück gegeben hatte und daß es der Junge gut wußte. Er hatte Lust, ihm gleich noch etwas zu geben. Als nun gerade das Essen vor sie hingestellt wurde, nickte der behäbige Mann seinem kleinen Nachbarn zu und sagte: »Das bezahl' ich und das Nachtlager auch. Dann kommst du morgen mit deinem Vermögen noch aus.«

Rico war so müde von all dem Singen, Geigen und Fahren den ganzen Tag, daß er kaum noch essen konnte. In der großen Kammer, wo er zusammen mit seinem Beschützer die Nacht zuzubringen hatte, war er kaum in sein Bett gestiegen, als er sofort in einen tiefen Schlaf sank.

Am frühen Morgen wurde Rico von einer kräftigen Hand aus seinem festen Schlaf aufgerüttelt. Er sprang schnell aus seinem Bett. Sein Begleiter stand schon reisefertig mit dem Stock in der Hand da.

Es dauerte aber gar nicht lange, so war auch Rico zur Abreise bereit, die Geige im Arm. Erst traten die beiden in die Wirtsstube ein, und Ricos Begleiter rief nach Kaffee. Dann ermunterte er den Jungen, er solle nur recht viel davon zu sich nehmen, denn nun komme eine lange Fahrt, die Appetit mache.

Als das Geschäft zur Zufriedenheit erledigt war, zogen die Reisenden los, und nach einer Strecke Weges kamen sie um eine Ecke herum, und wie mußte Rico da die Augen auftun – auf einmal sah er einen großen, flimmernden See vor sich. Ganz erregt sagte er: »Jetzt kommt der Gardasee.«

»Noch lange nicht, Bürschlein, jetzt sind wir am Comersee«, erklärte sein Schutzherr. Nun stiegen sie in ein Schiff und fuhren viele Stunden lang dahin. Rico schaute bald nach den sonnigen Ufern, bald in die blauen Wellen, und es wehte ihn heimatlich an. – Jetzt legte er mit einem Male sein Silberstück auf den Tisch.

»Nanu! Hast du schon zuviel Geld?« fragte der Schafhändler, der, mit beiden Armen auf seinen Stock gestützt, erstaunt dem Unternehmen zusah.

»Heute muß ich bezahlen«, sagte Rico. »Ihr habt's gesagt.«

»Du paßt doch auf, wenn man dir etwas sagt, das ist etwas Gutes, aber man legt sein Geld nicht nur so auf den Tisch, gib mir's einmal her.«

Damit stand er auf und ging, um sich nach der Bezahlung umzusehen. Als er aber seinen dicken Lederbeutel hervorzog, der ganz voll solcher Silberstücke war, denn er war auf einer Handelsreise, da konnte er's nicht übers Herz bringen, des Bübleins einziges Stück herzugeben, und er brachte es mit der Karte wieder zurück und sagte:

»Da, du kannst's morgen noch besser gebrauchen. Jetzt bist du noch bei mir, und wer weiß, wie es dir nachher geht. Wenn du einmal da unten ankommst und ich nicht mehr bei dir bin, findest du dann auch ein Haus, wo du hinein mußt?«

»Nein, ich kenne kein Haus«, antwortete Rico. Der Mann hatte Mühe, sein Erstaunen zu verbergen, denn des Bübleins Geschichte kam ihm sehr geheimnisvoll vor. Er ließ sich aber nichts merken und fragte auch nicht weiter. Er dachte, da komme er doch nicht ins klare, der Kutscher müsse ihm dann einmal Aufschluß darüber geben, der wisse wohl mehr von allem als das Büblein selbst. Mit diesem hatte er großes Mitleid, denn es würde bald auch noch seinen Schutz verlieren.

Als das Schiff stillstand, nahm der Mann Rico an der Hand und sagte: »So verlier' ich dich nicht und du kommst besser nach, denn jetzt heißt's gut marschieren. Die warten nicht.«

Rico hatte zu tun, den schnellen Schritten nachzukommen. Er schaute weder rechts noch links, und auf einmal stand er vor einer langen Reihe ganz sonderbarer Rollwagen. Da stieg er auf einem Treppchen hinein, dem Begleiter nach, und nun fuhr Rico zum ersten Male in seinem Leben mit einer Eisenbahn. Nachdem man so eine Stunde lang gefahren war, stand der Schafhändler auf und sagte: »Jetzt muß ich aussteigen, wir sind in Bergamo, und du bleibst ruhig sitzen, bis dich einer herausholt, denn ich habe alles geregelt. Dann steigst du aus und bist da.«

»Bin ich dann in Peschiera am Gardasee?« fragte Rico. Das bestätigte sein Beschützer. Nun bedankte sich Rico recht schön, denn er hatte wohl verstanden, wieviel Gutes ihm dieser Mann getan hatte, und so schieden sie, und es tat jedem leid, daß er vom anderen wegkam.

Rico saß nun still in seiner Ecke und hatte Zeit zum Staunen, denn es kümmerte sich kein Mensch mehr um ihn. So mochte er wohl drei Stunden unbeweglich dagesessen haben, als der Zug wieder einmal anhielt, wie schon so oft.

Jetzt trat der Schaffner herein, nahm den Rico beim Arm und zog ihn eilig aus dem Wagen und die Treppe hinunter. Dann deutete er die Anhöhe hinab und sagte: »Peschiera«, und im Nu war er wieder im Wagen verschwunden, der Zug sauste weiter.

Am fernen, schönen See

Rico entfernte sich einige Schritte von dem Gebäude, wo der Zug angehalten hatte, und schaute um sich. Dieses weiße Haus, der kahle Platz davor, der schnurgerade Weg in der Ferne, alles kam ihm so fremd vor, das hatte er in seinem Leben nie gesehen, und er dachte bei sich: »Ich bin nicht am rechten Ort.« Er ging traurig weiter, den Weg hinab, zwischen den Bäumen hindurch. Nun machte der Weg eine Wendung, und Rico stand da wie im Traum und rührte sich nicht mehr. Vor ihm lag funkelnd im hellen Sonnenschein der himmelblaue See mit den warmen, stillen Ufern, und drüben sah man die Berge liegen. In der Mitte lag die sonnige Bucht, und die freundlichen Häuser daran schimmerten herüber. Das kannte Rico, das hatte er gesehen, hier hatte er gestanden, gerade hier, diese Bäume kannte er. Wo war das Häuschen? Da mußte es stehen, ganz nah, aber es war nicht da.

Ja, da unten war die alte Straße, oh, die kannte er so gut, und dort schimmerten die großen, roten Blumen aus den grünen Blättern. Da mußte auch eine schmale steinerne Brücke sein, dort über den Ausfluß vom See, dort war er so oft hinübergegangen, man konnte sie nicht sehen.

Plötzlich rannte Rico, von brennendem Verlangen getrieben, hinauf auf die Straße und hinüber, da war die kleine Brücke – er wußte alles – er war darübergegangen und jemand hielt ihn an der Hand – die Mutter! Mit einem Male kam das Gesicht der Mutter klar vor seine Augen, wie er es nie mehr gesehen hatte, viele Jahre. Da hatte sie neben ihm gestanden und ihn mit liebevollen Augen angeschaut, und es überkam den Rico wie noch nie in seinem Leben. Neben der kleinen Brücke warf er sich auf den Boden und weinte und schluchzte laut: »Oh, Mutter, wo bist du? Wo bin ich daheim, Mutter?«

So lag er lange Zeit und mußte sein großes Leid ausweinen, und es war, als wollte sein Herz zerspringen und als sei es der Ausbruch von allem Weh, das ihn bisher stumm und starr gemacht, wo es ihn getroffen hatte.

Als sich Rico vom Boden erhob, war die Sonne schon weit unten und ein goldener Abendschein lag auf dem See. Nun wurden die Berge violett, und ein rosiger Duft lag rings über den Ufern. So hatte Rico seinen See im Sinn gehabt und im Traum gesehen, und alles war noch viel schöner, als er es nun wieder mit seinen Augen sah. Rico dachte immerzu, als er so dasaß und schaute und nicht genug schauen konnte: Wenn ich doch das alles dem Stineli zeigen könnte!

Nun war die Sonne untergegangen, und das Licht ringsumher erlosch. Rico stand auf und schritt der Straße zu, wo er die roten Blumen gesehen. Von der Straße ging ein schmaler Weg weiter.

Da standen sie, ein Busch am anderen, es war wie ein Garten an-
zuschauen. Es war nur ein ganz offener Zaun darum herum, und
im Garten waren Blumen und Bäume und Weinranken in reicher
Fülle zu sehen.

Da droben am Ende stand ein schmuckes Haus mit offener Tür,
und im Garten ging ein junger Bursche hin und her und schnitt
da und dort große goldgelbe Trauben von den Reben und pfiff
wohlgemut ein Lied dazu.

Rico schaute die Blumen an und dachte: Wenn sie Stineli sehen
könnte! und stand lange unbeweglich am Zaun.

Jetzt erblickte ihn der Bursche und rief ihm zu: »Komm herein,
Geiger, und spiel ein schönes Liedchen, wenn du eins kannst.«

Das rief ihm der Knabe italienisch zu, und Rico ging es ganz
seltsam dabei. Er verstand, was er hörte, aber er hätte nicht so
sprechen können. Er trat in den Garten ein, und der Bursche
wollte mit ihm reden. Als er aber sah, daß Rico nicht antworten
konnte, deutete er auf die offene Tür und machte dem Rico klar,
daß er dort spielen solle.

Rico näherte sich der Tür, sie führte gleich in ein Zimmer hinein.
Darin stand ein Bettchen und daneben saß eine Frau und machte
etwas aus roten Schnüren. Rico stellte sich vor die Schwelle und
fing sein Lied zu spielen und zu singen an:

»Ihr Schäflein hinunter –«

Als er fertig war, erhob sich aus dem kleinen Bett ein bleicher
Knabenkopf, der rief heraus:

»Spiel noch einmal!«

Rico spielte eine andere Melodie.

»Spiel noch einmal!« ertönte es wieder.

So ging es fünf- bis sechsmal hintereinander, und immer wieder
ertönte aus dem Bett: »Spiel noch einmal!«

Nun wußte Rico nichts mehr. Er nahm seine Geige herunter
und wollte fortgehen. Da fing der Kleine zu schreien an: »Bleib da,

spiel wieder, spiel noch einmal!« Und die Frau war aufgestanden und kam zu Rico hin. Sie gab ihm etwas in die Hand, und Rico wußte erst nicht, was sie wollte, aber es fiel ihm wieder ein, daß Stineli gesagt hatte: Wenn er an einer Tür geige, so gäben ihm die Leute etwas. Dann fragte die Frau freundlich, woher er käme und wohin er ginge. Rico konnte nicht antworten. Sie fragte, ob er mit seinen Eltern da sei. Da nickte er »Nein«; ob er allein sei. Er nickte »Ja«; wohin er jetzt so am Abend gehen wolle. Rico schüttelte wieder den Kopf. Da hatte die Frau mit dem kleinen Fremden Mitleid, und sie rief den Burschen herbei und befahl ihm, er solle mit dem Knaben zum Wirtshaus zur Goldenen Sonne gehen. Dort verstünde der Wirt vielleicht die Sprache des kleinen Musikanten, denn er sei lange fort gewesen. Dem solle er sagen, er möchte den Knaben über Nacht auf ihre Rechnung behalten und ihn auch morgen auf den richtigen Weg bringen, wohin er müsse, er sei ja noch so jung – »nur ein paar Jahre älter als der meinige«, setzte sie mitleidsvoll hinzu – und er solle ihm auch etwas zu essen geben.

Der Kleine aus dem Bett schrie wieder: »Er muß noch einmal spielen!« und ließ nicht ab, bis die Mutter sagte: »Er kommt ja morgen wieder, jetzt muß er aber schlafen und du auch.«

Der Bursche ging nun dem Rico voran, und dieser wußte nun wohl, wohin er kam, denn er hatte die Worte der Frau verstanden.

Es dauerte gute zehn Minuten bis zum Städtchen. Da mitten in einem Gäßchen ging der Bursche in ein Haus und unmittelbar in eine große Wirtsstube. Die war dick voll Tabaksrauch, und viele Männer saßen an den Tischen herum.

Der Bursche richtete seinen Auftrag aus und der Wirt sagte: »Es ist gut«, und die Wirtin kam auch gleich herbei und beide sahen sich Rico von oben bis unten an. Als aber die Gäste, die am nächsten Tische saßen, die Geige sahen, riefen gleich mehrere von ihnen: »Da gibt's Musik!« und einer rief: »Spiel auf, Kleiner, gleich, lustig!« Und sie riefen alle so durcheinander, daß der Wirt kaum fragen konnte, was der Rico denn für eine Sprache rede und woher er käme. Rico antwortete nun in seiner Sprache, daß er über den Maloja heruntergekommen sei und daß er alles verstünde, was sie hier sagen, aber nicht so reden könnte. Der Wirt verstand ihn und sagte, er sei auch schon da droben gewesen, und sie wollten noch miteinander reden, doch jetzt solle er etwas geigen, denn die Gäste riefen noch immer weiter, sie wollten Musik.

Da fing Rico gehorsam an zu spielen, und zwar wie immer mit seinem Liede, und sang dazu. Aber von den Gästen verstand keiner ein Wort von dem Gesang, und die Melodie kam den Zuhörern wohl ein wenig zu einfach vor. Die einen fingen an zu schwatzen und zu lärmen, die anderen riefen, sie wollten etwas anderes, einen Tanz oder sonst etwas Schönes.

Rico sang unentwegt sein Lied zu Ende, denn wenn er einmal angefangen hatte, dann sang er es auch durch. Wie er nun fertig war, überlegte er: Einen Tanz konnte er nicht spielen, er kannte keinen. Das Lied von der Großmutter war noch langsamer, und sie konnten wieder nichts verstehen. Jetzt fiel ihm etwas ein und er stimmte an:

»Una sera
In Peschiera –«

Kaum waren die ersten melodischen Töne dieses Liedes erklungen, so entstand eine völlige Stille, und mit einem Male ertönten von da und dort und von allen Tischen her Stimmen, und es wurde ein Chor, so schön wie Rico nie einen gehört hatte, so daß er ganz in Begeisterung geriet und immer feuriger spielte. Die Männer sangen immer eifriger, und war ein Vers zu Ende, so fing Rico gleich mit festem Zuge den neuen an, denn er wußte noch genau vom Vater, wo es aufhörte. Und als nun der Schluß kam, da brach nach dem schönen Gesang ein solcher Lärm los, wie Rico noch keinen gehört hatte. Alle die Menschen riefen und schrien durcheinander und schlugen vor Freude mit den Fäusten auf den Tisch, und dann kamen sie alle mit ihren Gläsern auf Rico zu, und aus jedem sollte er trinken. Zwei schüttelten ihm die Hände und einer die Schultern, und alle miteinander schrien ihn an und machten vor lauter Freudenspektakel Rico angst und bange, so daß er immer blässer wurde. Er hatte aber ihr eigenes Peschiera-Lied gespielt, das nur ihnen gehörte und das nie ein Fremder lernen konnte, und er hatte es fest und rein gespielt, als wäre er einer von Peschiera. Das konnten die lebhaft empfindenden Peschierianer gar nicht genug loben und freuten sich über den Wundergeiger und tranken Brüderschaft mit ihm.

Nun aber kam die Wirtin mit einem Teller voll Reis und einem großen Stück Huhn oben darauf dazwischen. Sie winkte Rico und sagte den Leuten, sie sollten ihn in Ruh' lassen, er müsse nun essen, er sei vor Anstrengung ja kreideweiß. Dann stellte sie seinen Teller auf einen kleinen Tisch in der Ecke und setzte sich zu ihm und ermunterte ihn, brav zu essen, das könne einem so mageren Bürschchen nur guttun.

Rico fand auch sein Nachtessen vortrefflich, denn seit dem Kaffee am frühen Morgen hatte er keinen Bissen mehr gesehen, und dabei hatte er noch soviel heute erlebt!

Sobald er seinen Teller leer hatte, fielen ihm die Augen vor Müdigkeit zu. Der Wirt war auch an den Tisch getreten und lobte Rico für sein Spiel und fragte ihn, zu wem er gehöre und wohin er wolle. Rico sagte, indem er seine Augen mit Mühe offenhielt, er gehöre niemanden und er wolle nirgends hin.

Da ermunterte ihn der Wirt freundlich, er solle nur ohne Kummer schlafen gehen, morgen könne er dann die Frau Menotti wieder besuchen, die ihn hierhergeschickt habe. Es sei eine gar gute Frau und die könne ihn vielleicht als Knechtlein gebrauchen, wenn er nicht wisse, wohin.

Aber die Wirtin riß den Mann immer noch am Ärmel, so als ob er das nicht sagen solle, was er sagte. Er redete aber doch fertig, denn er begriff nicht, was sie wollte.

Nun fingen die Männer an den Tischen wieder an zu lärmen, sie wollten noch einmal ihr Lied gespielt haben. Da rief aber die Wirtin: »Nein, nein, am Sonntag dann wieder. Er fällt ja um vor Müdigkeit.« Damit nahm sie Rico an der Hand und führte ihn in eine große Kammer hinauf. Da hing das Roßgeschirr an der Wand, und in der einen Ecke war Korn aufgeschüttet, und in der anderen stand sein Bett. In wenigen Minuten lag Rico darin und schlief tief und fest.

Später, als in dem Hause alles still geworden war, saß der Wirt noch an dem Tischchen, wo Rico gesessen, und die Frau stand vor ihm – denn sie war noch am Aufräumen – und sagte voller Eifer: »Den mußt du nicht wieder zu der Frau Menotti schicken. So ein Bürschchen kann ich gerade zu allerhand Geschäften gebrauchen, und hast du denn nicht gemerkt, wie er geigen kann? Sie wurden ja alle ganz wild davon. Paß auf, das gibt einen Geiger, wie keiner von unseren dreien ist. Tänze spielen lernt der schon, dann hast du ihn für nichts an allen Tanztagen und kannst ihn auch noch ausleihen. Den mußt du gar nicht mehr aus der Hand lassen, er sieht manierlich aus und gefällt mir. Den behalten wir.«

»Das ist mir auch recht«, sagte der Wirt und sah ein, daß seine Frau etwas Vorteilhaftes ausgedacht hatte.

Neue Freundschaft und die alte nicht vergessen

Am Morgen darauf stand die Wirtin vor der Haustür und hielt über das Wetter Umschau, und ob sich etwa über Nacht etwas ereignet habe. Da kam der Bursche der Frau Menotti daher. Der war zugleich Herr und Knecht auf dem schönen, fruchtreichen Gute der Frau, denn er verstand die Garten- und Feldarbeit und regierte und besorgte alles selbst und hatte es gut. Darum pfiff er auch immer.

Als er nun vor der Wirtin stand, stellte er das Pfeifen ein wenig ein und sagte: Wenn der junge Musikant von gestern abend noch nicht weiter sei, so solle er zur Frau Menotti herüberkommen, das Büblein wolle ihn noch einmal geigen hören.

»Ja, ja, wenn es der Frau Menotti nur nicht zu eilig ist«, sagte die Wirtin, indem sie beide Arme in die Seite stemmte, zum Zeichen, daß sie nicht eilig sei. »Vorläufig liegt der Musikant oben in einem guten Bett und schläft noch tapfer, und ich gönne ihm seinen Schlaf. Der Frau Menotti könnt Ihr sagen, ich wolle ihn einmal vorbeischicken, denn er gehe nicht weiter, sondern ich habe ihn aufgenommen: denn er ist ein verlassenes Waisenkind, das nicht wußte, wohin. Nun aber ist er wohlversorgt«, setzte sie mit Nachdruck hinzu.

Der Bursche ging mit seinem Auftrag.

Die Wirtin ließ Rico ganz ausschlafen, denn sie war eine gutmütige Frau, nur dachte sie zuerst an den eigenen Vorteil und dann erst an den der anderen. Als Rico endlich von selbst erwachte, hatte er alle Müdigkeit ausgeschlafen und kam frisch und froh die Treppe herunter. Da winkte ihn die Wirtin in die Küche hinein und stellte eine große Tasse voll Kaffee vor ihn auf den Tisch und legte einen schönen gelben Kuchen daneben. Dann sagte sie:

»So kannst du's alle Tage haben, wenn du willst, und am Mittag und am Abend noch viel besser, denn da kocht man für die Gäste, und da bleibt immer etwas übrig. Dann kannst du für mich Gänge besorgen und manchmal, wenn's nötig ist, geigen. Du kannst bei uns daheim sein und hast deine eigene Kammer und brauchst nicht mehr in der Welt herumzuziehen. Jetzt brauchst du nur zu sagen, ob du willst.«

Da antwortete Rico zufrieden: »Ja, ich will«, denn soviel konnte er ganz gut in der Sprache der Wirtin sagen.

Nun ging sie gleich mit ihm durch das ganze Haus, durch die Scheune und den Stall und in den Krautgarten und zum Hühnerhof.

Von all den Plätzen aus erklärte sie ihm die Umgebung und die Richtung, wo es zum Krämer ging und zum Schuhmacher und noch zu mehreren anderen wichtigen Leuten. Rico paßte genau auf, und um ihn zu prüfen, schickte die Wirtin ihn gleich an drei oder vier Orte, um allerhand Sachen zu holen, wie Öl, Seife und Nähgarn und einen geflickten Stiefel, denn sie hatte gemerkt, daß Rico einzelne Worte ganz gut sagen konnte.

Rico besorgte alles richtig. Das gefiel der Wirtin wohl, und zum Abend sagte sie: »Nun kannst du mit der Geige zur Frau Menotti gehen und dort bleiben, bis es Nacht wird.«

Darüber freute sich Rico sehr, denn da kam er an dem See vorbei und nachher zu den schönen Blumen.

Am See angekommen, lief er zu der kleinen Brücke und saß dort ein wenig nieder. Da lag wieder alle die Schönheit vor ihm, das Wasser und die Berge im goldenen Duft, und er konnte fast nicht mehr weg.

Aber er tat es doch, denn er wußte, daß er nun das tun mußte, was die Wirtin ihm sagte, weil er dafür bei ihr wohnen durfte.

Als er in den Garten trat, hörte ihn schon das Büblein – denn die Tür stand immer offen – und es rief: »Komm und spiel wieder!«

Frau Menotti kam heraus und gab Rico freundlich die Hand und zog ihn in das Zimmer hinein. Es war eine große Stube, und man sah durch die breite Tür schön in den Garten und auf die Blumen hinaus. Das kleine Bett des kranken Bübleins stand gerade der Tür gegenüber, und daneben standen nur Tische und Stühle und schöne Kasten im Zimmer, aber kein Bett mehr. Zur Nacht wurde das kleine Bett ins Nebenzimmer gebracht, wo auch das der Mutter war. Am Morgen trug man das Bettchen mit dem Insassen wieder in die schöne, frohe Stube hinaus, wo jeden Morgen die Sonne einen glänzenden Streifen über den ganzen Fußboden hinwarf und das Herz des Bübleins fröhlich machte. Neben dem Bettchen standen zwei kleine Krücken, und von Zeit zu Zeit nahm die Mutter den Kleinen aus seinem Bett und führte ihn auf den Krücken ein paarmal die Stube auf und nieder, denn er konnte weder gehen noch stehen. Seine Beinchen waren völlig lahm, und er hatte sie nie gebrauchen können.

Als Rico in die Stube trat, schnellte sich das Büblein an einer langen Schnur empor, die von der Decke bis auf sein Bett herunterhing, denn es konnte nicht aus eigener Kraft sitzen. Rico trat hinzu und schaute das Büblein schweigend an. Es hatte ganz dünne Ärmchen und kleine magere Finger und ein so kleines Gesicht, wie es Rico noch nie an einem Buben gesehen hatte. Aus dem Gesichtchen heraus schauten zwei große Augen den Rico durchdringend an, denn das Büblein, das wenig Neues sah und nach viel neuen und niegesehenen Dingen verlangte, schaute alles scharf an, was auf seinen einsamen Weg kam.

»Wie heißt du?« fragte das Büblein jetzt.

»Rico«, war die Antwort.

»Und ich Silvio. Wie alt bist du?« fragte es weiter.

»Bald elf Jahre.«

»Und ich auch bald«, sagte das Büblein.

»Ach, Silvio, was du sagst«, fiel die Mutter ein. »Noch nicht ganz vier bist du, so schnell geht's nicht.«

»Spiel wieder!« sagte nun der kleine Silvio.

Die Mutter setzte sich an ihren Platz neben dem Bettchen, und Rico stellte sich etwas weiter unten hin und fing zu geigen an. Silvio konnte nicht genug bekommen, sobald Rico ein Stück beendet hatte, so ertönte sein: »Spiel wieder!«

So hatte Rico alle seine Stücke wohl sechsmal durchgespielt. Auf einmal ging die Mutter weg und kam mit einem Teller voll goldgelber Trauben wieder und sagte, nun müsse Rico ausruhen und sich an das Bett auf den Stuhl setzen und mit Silvio Trauben essen.

Dann ging sie ein wenig in den Garten hinaus und sah ihren Sachen nach und war froh, denn sie konnte fast nie von dem Bett des Kleinen weggehen. Er duldete das nicht und schrie dann immer jämmerlich. Daher war es eine reine Wohltat für die Frau, daß sie einmal hinausgehen konnte.

Inzwischen verstanden sich die beiden drinnen vortrefflich, denn auf Silvios Fragen konnte Rico gut antworten. Er konnte sich auch leicht verständlich machen, wenn er etwa nicht gleich das richtige Wort wußte, und die Unterhaltung war für Silvio sehr kurzweilig. Die Mutter konnte auch die Blumenbeete und die Weinreben und die schönen Feigenbäume im Acker und alles ringsum ansehen, ohne daß Silvio ein einziges Mal gerufen hätte.

Aber als sie nun hereinkam und es bald zu dämmern anfing und Rico aufstand, um fortzugehen, da machte Silvio großen Lärm und hielt den Rico mit beiden Händen fest und wollte ihn nicht loslassen, wenn er nicht gleich verspräche, er käme morgen und alle Tage wieder. Aber Frau Menotti war eine vorsichtige Frau. Sie hatte den Bericht der Wirtin auch ziemlich verstanden und beschwichtigte nun Silvio und versprach ihm, gleich in den nächsten Tagen zu der Wirtin zu gehen und mit ihr zu sprechen, denn der Rico könne so von sich aus nichts versprechen, er müsse gehorchen.

Endlich ließ ihn der Kleine los und gab Rico die Hand, und dieser ging ungern aus der Stube weg. Er wäre lieber dageblieben, wo es so still war und alles so gut aussah und Silvio und die Mutter so freundlich zu ihm waren.

Es vergingen wenige Tage, da trat eines Abends Frau Menotti schön aufgeputzt in die »Goldene Sonne« ein, und die Wirtin lief ihr entgegen und führte sie in den oberen Saal hinauf. Da fragte denn Frau Menotti sehr höflich, ob es der Frau Wirtin nicht ungelegen wäre, ihr für ein paar Abende der Woche den Rico zu überlassen. Er unterhalte ihr das kranke Büblein so gut, und sie wolle ihr gern dafür erkenntlich sein.

Es schmeichelte der Wirtin, daß die wohlangesehene Frau Menotti sie so um einen Dienst zu bitten kam. Es wurde auch gleich festgesetzt, daß Rico an jedem freien Abend kommen werde, und Frau Menotti übernahm es dafür, für Ricos Bekleidung zu sorgen, so daß die Wirtin mit der Einteilung überaus zufrieden war. Nun brauchte sie keinen Pfennig für den Knaben auszugeben und hatte den reinen Gewinn von ihm. So schieden die Frauen beide voller Zufriedenheit voneinander.

Als der erste Tanzsonntag kam, da versammelten sich in der »Goldenen Sonne« so viele Leute, daß man gar nicht wußte, wo sie alle untergebracht werden sollten, denn jeder wollte den kleinen fremden Musikanten sehen und hören. Diejenigen, die ihn schon am ersten Abend gehört hatten, kamen zuerst und wollten mit ihrem Lied beginnen.

Die Wirtin lief im Feuer der Arbeit hin und her und glänzte, als wäre sie selbst zur »Goldenen Sonne« geworden, und wenn sie ihren Mann traf, so sagte sie jedesmal froh: »Hab' ich's nicht gesagt?«

Rico hörte erst einen Tanz von den drei Geigern an, die gekommen waren, und die Melodien fielen ihm so ins Ohr und in die Finger, daß er gleich danach mitspielen konnte. Nun konnte er den Tanz für immer. So kam es, daß er am späten Abend, als man aufhörte zu tanzen, alle Tänze mitzuspielen vermochte, die überhaupt gespielt wurden, denn jeden hatte man mehrere Male gespielt.

Zum Schluß mußte auch noch das Peschiera-Lied gesungen werden, von Rico begleitet, und war schon den ganzen Abend ein Lärm gewesen, so kamen nun die Gemüter erst recht noch ins Feuer. Es ging so zu, daß Rico ein paarmal dachte: jetzt fahren sie aufeinander los und schlagen sich alle tot. Aber es war alles in Freundschaft gemeint. Und ihm selbst wurde eine so ohrenzerreißende Anerkennung gespendet, daß er nur immer dachte: Wenn's doch bald aus wäre, denn nichts war Rico so tief zuwider wie großer Lärm.

Am Abend sagte die Wirtin zu ihrem Manne: »Hast's gesehen? Schon beim nächsten Mal brauchen wir nur zwei Geiger.«

Und der Mann war sehr zufrieden und sagte: »Man muß dem Buben auch etwas geben.«

Zwei Tage danach war droben in Desenzano Tanz, und Rico wurde auch mit den Geigern hingeschickt. Jetzt konnte man ihn schon ausleihen. Dort war derselbe Lärm und Spektakel, und wenn auch das Peschiera-Lied nicht gesungen werden mußte, so ging es bei anderen Dingen genau so laut zu. Rico dachte vom Anfang bis zum Ende: Wenn's nur vorbei wäre!

Er brachte eine ganze Tasche voll Geld heim. Das ließ er alles ungezählt auf den Tisch rollen, als er zurückkam, denn es gehörte der Wirtin. Sie lobte ihn und stellte ein schönes Stück Apfelkuchen vor ihn hin. Am Sonntag danach war schon wieder drüben in Riva Tanz, und diesmal freute sich Rico, denn Riva war der Ort drüben über dem See, wo er von Peschiera aus wie eine sonnige Bucht anzusehen war, um die herum die freundlichen weißen Häuser lagen und herüberschimmerten.

Da fuhren die Musikanten zusammen am Nachmittag im offenen Kahn unter dem blauen Himmel über den goldenen See, und Rico dachte: Wenn ich so mit dem Stineli hinüberfahren könnte! Wie würde es über den See staunen, an den es nicht glaubte!

Aber drüben ging derselbe Lärm los, und Rico wünschte sich wieder fortzukommen, denn Riva von drüben im stillen Abendschein anzusehen, war viel schöner, als hier mittendrin im Tumult zu sitzen.

Wenn aber keine Tanztage waren, konnte Rico jeden Abend zu dem kleinen Silvio gehen und dort lange bleiben, denn die Wirtin wollte sich der Frau Menotti dienstbar erzeigen. Da ging Rico gerne hin, das war seine Freude. Kam er am See vorbei, so ging er zu der schmalen Steinbrücke und setzte sich eine Weile auf den Boden. Dies war der einzige Ort, wo er das Gefühl hatte, er sei vielleicht daheim. Da kam ihm alles lebendig vor Augen, wie es war, als er noch daheim war. Denn was er vor sich sah, das hatte er damals auch so gesehen, und hier sah er am deutlichsten die Mutter vor sich. Dort am See hatte sie gestanden und etwas ausgewaschen, und von Zeit zu Zeit sah sie ihn an und sagte ihm liebevolle Worte. Er saß auf demselben Plätzchen, wo er jetzt saß. Das alles wußte er so genau. Da ging er immer nur ungern weg, aber er wußte, daß Silvio auf ihn wartete. Wenn er dann durch den Garten kam, so wurde ihm auch wieder wohl zumute, und er ging gern in das stille, saubere Haus. Frau Menotti war so freundlich zu ihm wie sonst niemand, das fühlte er wohl. Sie hatte großes Mitleid mit dem verlassenen Waislein, wie sie ihn nannte, und hatte die Geschichte von seinem Entfliehen auch gehört. Sie fragte Rico nie etwas von seinem Leben in den Bergen, denn sie dachte, es wecke in ihm nur traurige Erinnerungen. Sie fühlte auch, daß Rico nicht die Pflege hatte, die ein Büblein in seinem Alter und von so stiller Art nötig gehabt hätte; aber sie konnte weiter nichts machen, als soviel es ging, ihn bei sich zu haben. Sie legte ihm aber manchmal die Hand auf den Kopf und sagte mitleidig: »Du armes Waislein!«

Dem kleinen Silvio wurde der Rico täglich unentbehrlicher. Schon am Morgen fing er an zu jammern und nach Rico zu fragen, und wenn seine Schmerzen da waren, so schrie er noch mehr und wollte sich nicht mehr beruhigen, wenn Rico nicht kommen konnte. Denn seit Rico so fließend sprechen konnte, hatte Silvio eine neue unversiegende Quelle der Kurzweil bei ihm gefunden. Das war sein Erzählen.

Rico hatte angefangen, dem Silvio vom Stineli zu erzählen, und weil es ihm selbst dabei so wohl wurde und sein ganzes Herz aufging, so wurde er dabei so lebendig und unterhaltend, daß er nicht mehr zu erkennen war. Er wußte hundert Geschichten zu erzählen, wie das Stineli einmal den Sami gerade noch am Bein erwischte, als er ins Wasserloch fallen wollte, und nun immerzu aus aller Kraft am Bein ziehen und dazu schreien mußte, während der Sami unten auch schrie, bis der Vater ganz langsam herbeikam. Er nahm immer an, Kinder schrien von Natur und ohne Not. Und wie es dem Peterli Figuren ausschnitt und dem Urschli Hausgerät von Holz und Moos und Grashalmen machte. Und wie alle Kinder nach Stineli schrien, wenn sie krank waren, weil sie dann vergaßen, was ihnen weh tat, wenn es bei ihnen saß. Und dann erzählte Rico, wie er mit dem Stineli fortging und wie es dann so schön war, und dann leuchteten seine Augen und der ganze Rico wurde so lebhaft, daß der kleine Silvio ganz ins Feuer kam und immer mehr hören wollte. Und wenn Rico einmal aufhörte, so rief er gleich: »Erzähl wieder vom Stineli!« Eines Abends aber geriet Silvio in die größte Aufregung, als Rico fortgehen wollte und dabei sagte, morgen und am Sonntag dürfe er nicht kommen.

Silvio schrie nach der Mutter, als wäre das Haus in Flammen und er läge mittendrin, und als sie voller Schrecken aus dem Garten hereingestürzt kam, rief er immerzu: »Der Rico darf nie mehr ins Wirtshaus, er muß dableiben. Er muß immer dasein. Du mußt dableiben, Rico, du mußt, du mußt!«

Da sagte Rico: »Ich möchte schon, aber ich muß doch gehen.«

Frau Menotti war in großer Verlegenheit. Sie wußte gut, was Rico den Wirtsleuten wert war, und daß sie ihn unter keiner Bedingung bekäme. So beschwichtigte sie Silvio, so gut sie es nur konnte, und Rico zog sie an sich und sagte voller Mitleid: »Ach, du armes Waislein!«

Da schrie Silvio in seinem Zorn: »Was ist ein Waislein? Ich will auch ein Waislein sein!«

Nun geriet Frau Menotti auch in Zorn und rief: »Ach, Silvio, willst du dich noch versündigen? Sieh, ein Waislein ist ein armes Kind, das keinen Vater und keine Mutter hat und nirgends auf der Welt daheim ist.«

Rico hatte seine dunklen Augen auf die Frau geheftet, sie sahen immer schwärzer aus, sie merkte es aber nicht. Sie hatte gar nicht mehr an Rico gedacht, als sie Silvio in der Aufregung die Erklärung gab. Rico schlich leise zur Tür hinaus und lief fort. Frau Menotti dachte, er sei so leise fortgegangen, damit der Kleine nicht noch einmal aufgebracht werde, und es war ihr recht. Sie setzte sich nun an das Bettchen und sagte: »Hör, Silvio, ich will dir's erklären, und dann mußt du nicht mehr solchen Lärm machen. Siehst du, die Buben kann man einander nicht nur so wegnehmen, denn wenn ich der Wirtin nun den Rico nehmen wollte, so könnte sie kommen und mir den Silvio nehmen. Dann könntest du den Garten und die Blumen nie mehr sehen und müßtest allein in der Kammer schlafen, wo das Roßgeschirr hängt und wo der Rico so ungern hineingeht. Er hat dir's ja schon manchmal erzählt. Was würdest du dann machen?«

»Wieder heimgehen«, sagte der Kleine entschlossen. Er blieb aber still und legte sich schlafen.

Rico ging durch den Garten und über die Straße weg hinab an den See. Da setzte er sich auf sein Plätzchen nieder und legte seinen Kopf in beide Hände und sagte in trostlosem Ton: »Jetzt weiß ich's, Mutter. Auf der ganzen Welt bin ich nirgends daheim, gar nirgends!«

Und so saß er bis in die Nacht hinein in seiner Traurigkeit und wäre am liebsten nicht mehr aufgestanden, aber er mußte endlich doch wieder in seine Kammer zurückkehren.

Silvio wünscht mit Nachdruck

In dem kleinen Silvio arbeitete aber die Aufregung weiter, und als er nun wußte, daß der Rico zwei Tage hintereinander keinen Augenblick kommen würde, fing er schon am frühen Morgen an, zornig zu rufen: »Nun kommt der Rico nicht! Nun kommt der Rico nicht!« und fuhr mit kleinen Zwischenpausen so fort bis zum Abend, und am folgenden Tag fing er früh wieder damit an. Am dritten Tage aber hatte ihn diese Tätigkeit so ausgetrocknet, daß er wie ein Häuflein Stroh war, das ein kleiner Funke gleich in Flammen bringen kann.

Rico erschien am Abend, von dem Tanzlärm, bei dem er gewesen war, noch ganz angewidert. Seit er nun wußte, daß er nirgends daheim war, hatte der Gedanke an Stineli eine neue Macht bekommen, und er sagte bei sich: »Da ist nur noch das Stineli auf der ganzen Welt, zu dem ich gehöre und das sich um mich kümmert.« Und er bekam ein großes Heimweh nach dem Stineli. Als er wieder an Silvios Bett saß, so sagte er: »Siehst du, Silvio, nur einzig beim Stineli ist es einem wohl und sonst gar nirgends.« Kaum waren diese Worte gesprochen, so schnellte sich der Kleine in die Höhe und rief mit aller Kraft: »Mutter, ich will das Stineli haben. Das Stineli muß kommen. Nur beim Stineli ist es einem wohl und sonst gar nirgends!«

Die Mutter war herzugetreten, und da sie oft Ricos Erzählungen vom Stineli und seinen kleinen Geschwistern gern zugehört hatte, wußte sie schon, von wem die Rede war, und sagte: »Ja, ja, mir wär' es schon recht. Ich könnte ein Stineli schon für dich und mich brauchen; wenn ich nur eins hätte!«

Aber auf diese unbestimmte Rede ging Silvio gar nicht ein, denn er war Feuer und Flamme für seine Sache.

»Jetzt kannst du doch eins haben«, rief er weiter. »Rico weiß, wo es ist, er muß es holen. Ich will das Stineli alle Tage haben. Morgen muß es der Rico holen, er weiß, wo es ist!«

Als nun die Mutter sah, daß der Kleine sich alles ausdachte und aus der ganzen Sache Ernst machen wollte, fing sie an, ihn auf alle Weise abzulenken und auf andere Gedanken zu bringen, denn sie hatte oft erzählen hören, was für Gefahren der Rico auf seiner Reise zu bestehen gehabt hätte, und daß es das größte Wunder sei, daß er lebendig bis nach Peschiera habe herunterkommen können. Auch sei es ein schreckhaft wildes Volk, das dort oben in den Bergen lebe. So wußte sie, daß kein Mensch so ein Mädchen herunterholen würde, am wenigsten so ein zartes Bürschlein wie Rico. Er konnte ja elend dabei zugrunde gehen, wenn er so etwas beginnen werde, und dann hätte sie die Verantwortung. Das wollte sie nicht auch noch, sie hatte schon genug.

Sie stellte dem Silvio die ganze Unmöglichkeit der Sache vor und erzählte ihm von vielen schrecklichen Ereignissen und bösen Menschen, die den Rico verfolgen und umbringen könnten. Aber diesmal half alles nichts. Der kleine Silvio mußte sich die Sache in den Kopf gesetzt haben, wie noch nichts in seinem Leben. Was die Mutter auch vorbrachte und wie sehr sie vor Besorgnis in Eifer geriet, sobald sie aufhörte, sagte Silvio: »Der Rico muß es holen, er weiß, wo es ist.«

Da sagte die Mutter: »Und wenn er's auch weiß, denkst du denn, der Rico wolle so in die Gefahr hinauslaufen, wenn er es gut hier haben kann und zu keinen bösen Menschen mehr gehen muß?«

Da sah Silvio den Rico an und sagte: »Du willst schon gehen und das Stineli holen, Rico, oder nicht?«

»Ja, ich will«, antwortete Rico fest.

»Ach, ihr barmherzigen Heiligen, was soll das werden! Jetzt wird mir der Rico auch noch unvernünftig!« rief die Mutter ganz erschrocken. »So weiß man sich ja gar nicht mehr zu helfen. Nimm die Geige, Rico, und spiel und sing etwas, ich muß in den Garten«, und damit lief Frau Menotti schnell unter die Feigenbäume hinaus, denn sie nahm an, der Silvio vergäße am schnellsten seinen Einfall wieder, wenn er sie nicht mehr sähe.

Aber die beiden guten Freunde drinnen spielten nicht und sangen nicht, sondern brachten sich gegenseitig mit allerhand Vorstellungen, wie das Stineli geholt werden müsse und wie es dann nachher, wenn es da sei, zugehen werde, ganz in Aufregung. Rico vergaß fortzugehen, obwohl es schon dunkel geworden war. Frau Menotti kam absichtlich noch nicht herein, denn sie hoffte, der Silvio schlafe schon vorher. Endlich trat sie aber doch ein, und Rico ging gleich, aber mit Silvio hatte sie noch einen schweren Stand. Er wollte durchaus nicht die Augen zumachen, bis die Mutter verspräche, daß der Rico das Stineli hole. Das konnte sie aber nicht versprechen, und so kam Silvio nicht zur Ruhe, bis die Mutter sagte: »Sei nun zufrieden, über Nacht kommt schon alles in Ordnung.« Denn sie dachte, über Nacht vergäße er seinen Wunsch, wie schon so viele, und es fiele ihm etwas Neues ein. Da wurde Silvio still und schlief ein. Aber die Mutter hatte sich verrechnet. Kaum war sie am Morgen erwacht, so rief Silvio aus seinem Bettchen heraus: »Ist alles in Ordnung, Mutter?«

Als sie dies unmöglich bejahen konnte, ging ein solcher Sturm los, wie sie es mit dem Büblein noch nie erlebt hatte, und den ganzen Tag ging das Unwetter bis zum späten Abend weiter. Am Morgen darauf fing Silvio genau so wieder an, wie er am Abend aufgehört hatte.

Eine solche Beharrlichkeit auf einen Wunsch hatte Silvio noch nie an den Tag gelegt. Wenn er schrie und lärmte, konnte sie's noch ertragen: doch wenn nun die Stunden der großen Schmerzen kamen, wimmerte Silvio immer kläglich: »Nur beim Stineli ist es einem wohl und sonst gar nirgends!«

Das schnitt der Mutter ins Herz und war ihr wie ein Vorwurf, so als wollte sie nicht tun, was ihm guttun würde. Wie hätte sie aber auch nur daran denken können, sie hatte ja Rico selbst auf Silvios Frage: »Weißt du auch den richtigen Weg zum Stineli?« antworten hören: »Nein, ich weiß keinen Weg, aber ich finde ihn dann schon.«

Ein Rat zur Freude für viele

In diesem Zustand der Unruhe war es für Frau Menotti ein rechter Trost, als sie einmal wieder nach langer Zeit den wohlmeinenden alten Pfarrer im langen schwarzen Rock durch den Garten kommen sah, der von Zeit zu Zeit den kleinen Kranken besuchte. Sie sprang von ihrem Stuhl auf und rief erfreut: »Sieh, Silvio, da kommt der gute Herr Pfarrer!« und ging ihm entgegen. Silvio aber in seinem Groll über alles, rief, so laut er konnte, der Mutter nach: »Ich wollte lieber, das Stineli käme!«

Dann kroch er aber schnell unter die Decke, damit der Herr Pfarrer nicht sähe, woher die Stimme kam. Die Mutter war sehr erschrocken und bat den Pfarrer beim Eintreten, er solle doch den Empfang nicht übelnehmen, er sei auch nicht so ernst gemeint. Silvio rührte sich nicht, er sagte nur ganz heimlich unter der Decke: »Doch, es ist mir bestimmt ernst.«

Der Pfarrer mußte geahnt haben, woher die Stimme kam. Er trat gleich an das Bett heran, und obwohl er kein Haar von Silvio sah, sagte er: »Gott grüß' dich, mein Sohn, wie steht es mit der Gesundheit, und warum verkriechst du dich in unterirdische Höhlen wie ein kleiner Dachs? Komm hervor und erkläre mir, was verstehst du unter einem Stineli?«

Nun kroch Silvio hervor, denn er hatte vor dem Pfarrer Respekt, als er nun so nah war. Er streckte schnell seine kleine magere Hand zum Gruße aus und sagte: »Dem Rico sein Stineli.«

Nun mußte die Mutter erklärend dazwischentreten, denn der Pfarrer schüttelte verwundert den Kopf, indem er sich an Silvios Bett niedersetzte. Sie erzählte ihm nun die ganze Sache mit Stineli, und wie der kleine Silvio sich in den Kopf gesetzt habe, es ginge ihm nie mehr gut, wenn nicht das Stineli zu ihm komme, und daß der Rico nun auch unvernünftig geworden sei und glaube, er könne das Mädchen holen, obwohl er keinen Weg und Steg wisse. Es sei ja so weit weg oben in den Bergen, wo niemand hinkomme, und man gar nicht wissen könne, was für ein schreckliches Volk da sei. Denn man könne sich denken, wie es da zugehen müsse, wenn ein zartes Büblein wie der Rico lieber den größten Gefahren entgegenlaufe und sie bestehe, als unter solchen Leuten zu bleiben. Wenn alles anders wäre, fügte Frau Menotti hinzu, so wäre ihr kein Geld zuviel, so ein Mädchen kommen zu lassen, um Silvio den Wunsch zu erfüllen und jemand für ihn zu haben. Oft werde es ihr fast zuviel mit allem, was sie zu tragen habe, und sie glaubte, sie könne nicht mehr weiterkommen. Und Rico, der sonst recht vernünftig rede, glaube, daß ihm kein Mensch so gut in allem beistehen könne wie dieses Stineli. Er müsse es gut kennen, und wenn es so sei, wie er es beschreibe, so könnte es auch noch für so ein Mädchen eine Rettung sein, wenn es von da droben wegkomme. Sie kenne aber hier keinen Menschen, der ihr einen solchen Dienst erweisen würde.

Der Pfarrer hatte ganz ernst zugehört und kein Wort gesagt, bis Frau Menotti fertig war. Er hätte auch nicht gut mit Worten dazwischenkommen können, denn sie hatte ihr Herz lange nicht ausgeschüttet, und da war es ihr so voll geworden, daß Frau Menotti bei dem großen Andrang der Worte fast um den Atem gekommen war.

Als nun alles still war, nahm der Pfarrer erst ruhig noch eine Prise zu der vorhergehenden, dann sagte er gelassen:

»Hm, hm, Frau Menotti, ich fürchte, Ihr habt von den Leuten da droben eine Meinung, die fast schrecklich ist. Es gibt doch auch noch Christen da, und seit man so allerhand Mittel erfunden hat, um weiterzukommen, wird es auch noch möglich sein, daß einer ohne Gefahr dort hinaufkommt. Das wird man schon in Erfahrung bringen können, man muß sich das überlegen.«

Hier mußte der Pfarrer sich erst wieder ein wenig aus seiner Dose stärken, dann setzte er hinzu: »Es gibt allerlei Händler, die von da oben herunter nach Bergamo kommen, Schafhändler und Roßhändler, die müssen die Wege kennen. Man muß sich danach erkundigen, und dann muß man es sich überlegen. Es wird schon ein Mittel gefunden werden. Wenn Euch viel daran liegt, Frau Menotti, so will ich mich umsehen. Ich komme alle Jahre ein- oder zweimal nach Bergamo, so könnte ich die Sache ein wenig in die Hand nehmen.«

Frau Menotti war so dankbar, daß sie gar nicht wußte, wie sie es dem Pfarrer zeigen sollte. Mit einem Male waren ihr alle schweren Gedanken abgenommen, die sie so viele Tage und Nächte lang verfolgt hatten, und in die sie sich immer mehr verwickelt hatte, so daß von ihr kein Ausweg mehr zu sehen war. Nun hatte der Pfarrer die ganze Last auf sich genommen, und sie konnte den Silvio von nun an auf ihn verweisen.

Silvio hatte das ganze Gespräch über den Pfarrer mit seinen grauen Augen vor Spannung fast durchbohrt. Als dieser nun aufstand und dem Kleinen zum Abschied die Hand bot, patschte Silvio seine ganz gewaltig hinein, so, als wolle er sagen: Diesmal gilt's. Der Pfarrer versprach, Bericht zu geben, sobald er seine Erkundigungen eingezogen hätte und wüßte, ob die Sache ausführbar wäre oder ob Silvio von seinem Wunsch Abstand nehmen müsse.

Über all diesen Ereignissen waren fast drei Jahre dahingegangen, seit Rico in Peschiera erschienen war. Er war nun ein vierzehnjähriger, aufgeschossener Junge geworden, und wer ihn ansah, der hatte seine Freude an ihm.

Wieder leuchteten die goldenen Herbsttage über den Gardasee und der blaue Himmel lag über der stillen Flut. Im Garten hingen die Trauben golden an den Ranken, und die roten Oleanderblumen funkelten im lichten Sonnenschein. In Silvios Stube war es ganz still, denn die Mutter war draußen, um Trauben und Feigen zum Abend hereinzuholen. Silvio lauschte auf Ricos Schritt, denn es war die Zeit, wo er gewöhnlich kam. Jetzt ging das Pförtchen am Zaun auf, und Silvio schoß auf. Ein langer schwarzer Rock kam hereingewandert, es war der Pfarrer. Diesmal kroch Silvio nicht ins Loch. Er streckte seine Hand, so weit er konnte, dem Pfarrer entgegen, lange bevor dieser nur halb im Garten angekommen war. Der Empfang gefiel ihm aber. Er ging gleich in die Stube und zu

Silvios Bett hin, obwohl er die Mutter hinten im Garten sah, und sagte: »So ist's recht, mein Sohn, und wie steht es mit der Gesundheit?« – »Gut«, entgegnete Silvio schnell. Er schaute in höchster Spannung den Pfarrer an und fragte dann halblaut: »Wann kann der Rico gehen?«

Der Pfarrer setzte sich an dem Bett nieder und sagte mit feierlichem Ton: »Morgen um fünf Uhr wird der Rico reisen, mein Söhnchen.«

Frau Menotti war eben eingetreten, und nun ging es an ein Fragen und Verwundern von ihrer Seite, so daß der Pfarrer Mühe hatte, sie zu beschwichtigen, damit er ungestört seinen Bericht auseinanderlegen könnte. Das gelang ihm auch endlich, und Silvio hielt seine Augen wie ein kleiner Sperber auf ihn gerichtet, als nun die Erzählung kam.

Der Pfarrer kam eben aus Bergamo, wo er zwei Tage zugebracht hatte. Dort hatte er mit Hilfe seiner Freunde einen Roßhändler ermittelt, der schon seit dreißig Jahren jeden Herbst nach Bergamo kam und alle Wege und Winkel von da bis noch weit über die Berge hinaus kannte, wo Rico hin mußte. Er wußte auch, wie man in die Berge hinaufkommen konnte, ohne auszusteigen und unterwegs schlafen zu brauchen. Den Weg machte er selbst auch und wollte den Rico mitnehmen, wenn er am Morgen mit dem ersten Zuge in Bergamo ankomme. Der Mann kannte auch alle Kutscher und Schaffner und wollte bei der Rückkehr den Jungen und seine Begleiterin den Leuten übergeben und anempfehlen, so daß sie sicher reisen würden.

So fand der Pfarrer, könne man nun den Rico in Frieden ziehen lassen, und gab seinen Segen zu der Reise.

Als er aber schon am Gartenzaun stand, kehrte Frau Menotti, die ihn begleitet hatte, noch einmal um und fragte voller Besorgnis: »Ach, Herr Pfarrer, wird auch bestimmt keine Lebensgefahr dabei sein, oder daß der Rico sich verirren könnte und dann in den wilden Bergen umherirren müßte?«

Der Pfarrer beruhigte die Frau nochmals, und nun ging sie zurück und überlegte, was nun alles für Rico zu tun sei. Dieser trat eben in den Garten ein, und das Freudengeschrei, das ihm Silvio nun entgegensandte, war so laut, daß Rico in drei Sprüngen an dem Bett war, um zu sehen, was sich da ereignet habe.

»Was hast du? Was hast du?« fragte Rico immerzu, und Silvio rief immerfort: »Ich will's sagen! Ich will's sagen!« vor lauter Angst, die Mutter komme ihm zuvor. Diese ließ aber nun die Buben in ihrer Freude allein und ging ihrer Arbeit nach, denn das war nun das Wichtigste. Sie holte einen Reisesack hervor und stopfte unten ein ungeheures Stück geräuchertes Fleisch und einen halben Laib Brot hinein, dazu ein großes Paket gedörrter Pflaumen und eine Flasche Wein. Alles gut in ein Tuch gewickelt, und dann kamen die Kleider, zwei Hemden, ein Paar Strümpfe und ein Paar Schuhe und Taschentücher. Dabei war der Frau nicht anders zumute, als reise der Rico nach dem fernsten Weltteil, und sie merkte nun erst recht, wie lieb ihr der Rico war, so daß sie ohne ihn fast nicht mehr sein konnte.

Sie mußte sich auch zwischen dem Packen immer wieder hinsetzen und denken: »Wenn es auch nur kein Unglück gibt!«

Nun kam sie mit dem Sack herunter und ermahnte Rico, jetzt gleich hinzugehen und der Wirtin alles gut zu erklären und sie zu bitten, damit sie ihn auch gehen lasse und nichts dagegen habe. Den Sack könne er gleich zur Bahn bringen.

Rico war über sein Gepäck höchst erstaunt. Er tat aber alles folgsam, wie es ihm gesagt wurde, und ging dann zur Wirtin. Er erzählte ihr, daß er in die Berge hinauf müsse und das Stineli holen, und daß der Pfarrer gesagt habe, daß er gleich morgen um fünf Uhr fortmüsse. Das flößte der Wirtin schon ein wenig Respekt ein, daß der Pfarrer mit der Sache zu tun habe. Sie wollte aber wissen, wer das Stineli sei und was es wolle. Sie dachte gleich, das könnte etwas für sie sein. Sie brachte aber nur in Erfahrung, daß das Stineli ein Mädchen sei, das Stineli heiße, und daß es zur Frau Menotti komme. Da ließ sie die Sache gehen, denn Frau Menotti wollte sie nichts in den Weg legen. Sie war zufrieden genug, daß diese ihr den Rico so ruhig überlassen hatte. Sie nahm auch an, das Stineli sei natürlich Ricos Schwester, und er sagte es nur nicht, weil er ja nie etwas von seinen Familienverhältnissen gesagt hatte.

So erzählte sie auch noch am selben Abend allen Gästen, die ins Haus kamen, daß der Rico morgen seine Schwester herunterhole, denn er habe gemerkt, wie gut man es hier unten haben könne.

Nun wollte sie aber auch zeigen, wie sie es mit dem Rico meinte. Sie holte einen großen Korb herunter und steckte ihn ganz voller Würste, Käse, Eier, Brotschnitten mit fingerdicker Butter und sagte:

»Auf der Reise brauchst du keinen Hunger zu haben, und das übrige kannst du dort oben schon brauchen. Da wirst du nicht zuviel finden, und zum Heimweg mußt du auch noch etwas haben. Denn du kommst doch wieder, Rico, bestimmt?«

»Bestimmt«, sagte Rico, »in acht Tagen bin ich wieder da.«

Nun trug Rico noch seine Geige zur Frau Menotti, denn die hätte er sonst niemandem anvertraut, und dann nahm er für acht Tage Abschied. Nach dieser Zeit konnte er wohl, wenn alles gut ging, wieder da sein.

Über die Berge zurück

Am Morgen lang vor fünf Uhr stand Rico fertig auf dem Bahnhof und konnte kaum erwarten, daß es losging. Nun saß er im Wagen wie vor drei Jahren, aber nicht mehr so furchtsam in die Ecke gedrückt, mit der Geige in der Hand. Jetzt brauchte er eine ganze Bank, denn neben ihm lagen Sack und Korb, die nahmen eine Menge Platz ein. In Bergamo traf er richtig mit dem Roßhändler zusammen, und nun reisten sie ungestört noch ein gutes Stück in demselben Wagen weiter, und dann über den See. Jetzt stiegen sie aus und gingen an ein Wirtshaus, da standen schon die Pferde an dem großen Postwagen angespannt. Nun erinnerte sich Rico deutlich, wie er hier ganz allein in der Nacht gestanden hatte, nachdem die Studenten weitergegangen waren, und drüben sah er die Stalltür, wo er die Laterne gesehen und dann den Schafhändler wiedergefunden hatte. Es war schon Abend, und bald bestieg man den Postwagen und fuhr den Bergen zu. Diesmal saß Rico mit seinem Begleiter im Wagen, und kaum hatte er sich in seine Ecke gesetzt, als ihm die Augen zufielen. Als er erwachte, erblickte Rico zu seiner Verwunderung, daß der Wagen die Zickzackstraße hinauffuhr, die auf den Maloja führt und die er so gut kannte.

Im lustigen Trab ging es abwärts und über die ebene Straße. Jetzt kam der See. Dort lag die waldige Halbinsel, und dort – das waren die weißen Häuser von Sils, und drüben lag Sils-Maria.

Jetzt fing Ricos Herz an stark zu klopfen. Wo konnte das Stineli sein? Nur noch wenige Schritte, und der Postwagen hielt in Sils. –

Stineli hatte seit Ricos Verschwinden viele harte Tage erlebt. Die Kinder wurden größer, und es gab immer mehr Arbeit und das meiste fiel auf Stineli. Es war das älteste von den Kindern und neben den Alten war es doch das Jüngste. Daher hieß es immer: »Stineli kann das machen, es ist ja alt genug«, und gleich danach: »Das kann Stineli machen, es ist ja noch jung.« Die Freude konnte es mit keinem mehr recht teilen, seit Rico fort war, wenn es noch einmal Zeit dazu gehabt hätte.

Vor einem Jahr war dann die gute Großmutter gestorben, und von da an gab es für Stineli auch keine freien Augenblicke mehr. Vom Morgen bis zum Abend war so viel Arbeit zu tun, daß man nie fertig wurde, sondern immer nur mittendrin war.

Aber Stineli hatte seinen frohen Mut nie verloren, obwohl es um die Großmutter hatte sehr weinen müssen und jetzt noch jeden

Tag ein paarmal dachte: Ohne die Großmutter und Rico sei es nicht mehr so schön auf der Welt, wie es einmal gewesen war. An einem sonnigen Samstagmorgen kam es mit einem großen Bündel Stroh auf dem Kopfe hinter der Scheune hervor. Es wollte schöne Strohwische zum Fegen am Abend machen. Die Sonne schien schön auf den trockenen Weg nach Sils, und es stand still und schaute hinüber. Da kam ein Bursche, den es nicht kannte, das war kein Silser, das sah es sogleich. Und als er näher kam, stand er still und schaute das Stineli an, und es schaute ihn auch an und war ganz verwundert; aber mit einem Male warf es sein Strohbündel weit weg und sprang auf den Stillstehenden zu und rief: »O Rico, bist du noch am Leben? Bist du wieder da? Aber du bist groß, Rico! Zuerst habe ich dich gar nicht mehr erkannt. Doch es hat ja kein Mensch sonst so ein Gesicht wie du!«

Und Stineli stand vor Freude ganz rot vor dem Rico, und Rico stand kreideweiß vor innerer Erregung und konnte zuerst gar nichts sagen und schaute nur das Stineli an. Dann sagte er: »Du bist auch so groß, Stineli, aber sonst bist du noch wie früher. Je näher ich dem Hause kam, desto mehr wurde mir angst, du seiest vielleicht anders geworden.«

»O Rico, daß du wieder da bist!« jubelte Stineli. »Oh, wenn das die Großmutter wüßte! Aber du mußt hereinkommen, Rico, die werden sich alle wundern!« Stineli lief voraus und machte die Tür auf, und Rico ging hinein. Die Kinder versteckten sich sogleich immer eins hinter das andere. Die Mutter stand auf und grüßte den Rico fremd und fragte, was er wolle. Weder sie noch eins der Kinder hatten ihn erkannt. Jetzt traten Trude und Sami in die Stube und grüßten im Vorbeigehen.

»Kennt ihr ihn denn alle nicht?« rief nun das Stineli aus. »Es ist doch der Rico!«

Jetzt ging das Verwundern von allen Seiten los, und man war gerade noch dabei, als der Vater zum Essen eintrat.

Rico ging ihm entgegen und gab ihm die Hand. Der Vater nahm sie und schaute den Jungen an.

»Ist's etwa einer von den Verwandten?« fragte er dann, denn er kannte diese nie so genau, wenn sie etwa kamen.

»Jetzt kennt ihn der Vater auch nicht«, sagte Stineli ein wenig empört. »Es ist doch der Rico, Vater!«

»So, so, das ist recht«, sagte der Vater und schaute ihn nun noch einmal von oben bis unten an, dann setzte er hinzu: »Du kannst dich sehen lassen, hast du etwas inzwischen gelernt? Komm, setz dich zu uns, dann kannst du erzählen, wie es dir gegangen ist.«

Rico setzte sich nicht gleich, er schaute immer wieder zur Tür. Endlich fragte er zögernd: »Wo ist die Großmutter?« Der Vater sagte, sie liege drüben in Sils, nicht weit weg vom alten Lehrer. Rico hatte wohl mit der Frage gezögert, weil er die Antwort fürchtete, als er die Großmutter nirgends sah. Er setzte sich nun mit den anderen zu Tisch, aber er war ganz still und essen konnte er auch nicht. Er hatte die Großmutter so liebgehabt.

Aber nun wollte der Vater etwas erzählen hören, wo der Rico an jenem Tage, wo sie nach ihm in der Rüfe herumstocherten, hingekommen sei, und was er in der Fremde erlebt habe. Da erzählte nun Rico alles, wie es ihm ergangen war, und kam bald auf Frau Menotti und den Silvio zu sprechen und erklärte nun deutlich, warum er hierhergekommen sei, und daß er mit dem Stineli nach Peschiera zurückkehren wolle, sobald es dem Vater und der Mutter recht sei. Das Stineli machte die Augen während Ricos Erzählung ganz weit auf, es hatte ja von allem noch gar kein Wort gehört. Wie ein Freudenfeuer leuchtete es in seinem Herzen auf: Mit Rico an seinen schönen See hinunterzugehen und wieder alle Tage mit ihm bei der guten Frau und dem kranken Silvio zusammenzusein, der so nach ihm verlangte.

Erst schwieg der Vater eine Zeit, denn er überstürzte nie etwas, dann sagte er: »Es ist gut, wenn eins unter die Fremden kommt, es lernt etwas, aber das Stineli kann nicht gehen, von dem ist keine Rede. Es ist daheim nötig. Es kann ein anderes gehen, vielleicht das Trudi.«

»Ja, ja, so ist's besser«, sagte die Mutter. »Ohne das Stineli kann ich es nicht machen.« Da hob Trudi seinen Kopf vom Teller auf und sagte: »So ist es mir auch recht, es ist doch immer nur ein Kindergeschrei bei uns.«

Stineli sagte kein einziges Wort. Es sah nur den Rico ganz gespannt an, ob er nichts mehr sagen werde, weil der Vater so bestimmt abgesagt hatte, und ob er nun das Trudi mitnehmen wolle. Aber Rico sah den Vater unerschrocken an und sagte:

»Ja, so geht es nicht. Der kranke Silvio will nur das Stineli und kein anderes haben, und der weiß schon, was er will. Er würde nur das Trudi wieder heimschicken, und dann hätte es den Weg vergebens gemacht. Und dann hat mir die Frau Menotti auch noch gesagt: Wenn das Stineli mit dem Silvio gut auskomme, so könne es alle Monate seine fünf Gulden heimschicken. Daß der Silvio und das Stineli gut zusammen fertig werden, weiß ich im voraus so gut, als ob ich es gerade vor mir sähe.«

Der Vater stellte seinen Teller beiseite und setzte die Kappe auf. Er war fertig mit Essen, und zum strengen Nachdenken hatte er gern die Kappe auf dem Kopf. Es war dann so, als ob sie ihm die Gedanken besser zusammenhielte.

Jetzt überlegte er im stillen, wie er sich abmühen mußte, bis er nur einen einzigen baren Gulden in die Hand bekam, und dann sagte er zu sich: »Fünf Gulden jeden Monat bar in die Hand, ohne auch nur einen Finger dafür zu rühren!« Er schob die Kappe auf die eine Seite und dann auf die andere, dann sagte er: »Es kann gehen. Es wird auch ein anderes etwas im Haus tun können.«

Stinelis Augen leuchteten. Die Mutter aber sah ein wenig seufzend auf alle die kleinen Köpfe und Teller, denn wer sollte das alles säubern helfen? Und Trudi gab dem Peterli einen Ellbogenstoß und sagte: »Sitz mal still«, obwohl der diesmal völlig ruhig seine Bohnen aß.

Der Vater hatte jedoch noch einmal an seiner Kappe gerutscht, es war ihm noch etwas eingefallen. »Das Stineli ist aber noch nicht konfirmiert«, sagte er. »Es wird, denk' ich, noch konfirmiert sein müssen.«

»Ich werde erst in zwei Jahren konfirmiert, Vater«, sagte Stineli eifrig. »So kann ich jetzt ganz gut für zwei Jahre fortgehen, und dann kann ich ja wieder heimkommen.«

Das war ein guter Ausweg, nun waren auf einmal alle zufrieden. Der Vater und die Mutter dachten: Wenn alles krumm gehe ohne das Stineli, so sei es doch nur für eine Zeit, die werde auch umgehen, und dann sei es wieder da, und das Trudi dachte: »Sobald es wieder da ist, gehe ich, und dann können sie sehen, wann ich wiederkomme.« Aber Rico und Stineli sahen sich an, und die helle Freude lachte ihnen aus den Augen.

Als der Vater die Sache nun für abgemacht hielt, stand er vom Tisch auf und sagte: »Sie können dann morgen gehen, dann weiß man, woran man ist.«

Aber die Mutter fing an zu jammern und sagte, so schnell werde es ja nicht sein müssen, und jammerte immerfort, bis der Vater sagte: »So können sie am Montag gehen.« Weiter hinaus wollte er es nicht verschieben, weil er dachte, es ginge nun so fort mit dem Jammern, bis das Weggehen vorbei sei.

Für Stineli gab es nun Arbeit. Das verstand Rico gut, und er machte sich an den Sami heran und sagte ihm, er wolle sehen, ob es in Sils-Maria noch wie früher sei. Auch müsse er noch einen Sack und einen Korb von Sils herüberholen, da könnte ihm der Sami tragen helfen. So gingen sie los. Zuerst stand Rico vor seinem ehemaligen Häuschen still und schaute die alte Haustüre an und den Hühnerstall, es war noch alles wie früher. Er fragte Sami, wer drin wohne, ob die Base noch ganz allein sei. Aber die Base war schon lange fortgezogen, hinauf nach Silvaplana, und kein Mensch sah sie mehr, denn in Sils-Maria zeigte sie sich nie mehr.

In dem Häuschen wohnten Leute, von denen Rico nichts wußte, überall, wo er mit Sami hinkam, vor den alten bekannten Häusern und aus den Scheunen starrten ihn die Leute fremd an, kein einziger kannte ihn mehr. Als sie am Abend nach Sils hinüber gingen, da ging Rico zum Kirchhof, er wollte zum Grab der Großmutter gehen, aber Sami wußte nicht recht, wo es war.

Mit Sack und Korb beladen kehrten die beiden, als es dunkelte, zum Hause zurück. Da stand Stineli noch am Brunnen und fegte zum letzten Male den Stalleimer, und als nun Rico neben ihm stand, sagte es strahlend vor Freude: »Ich kann es noch fast nicht glauben, Rico!«

»Aber ich«, sagte dieser so sicher, daß ihn das Stineli erstaunt ansehen mußte. »Aber weißt du, Stineli«, fügte er hinzu, »du hast auch nicht so lange daran denken können wie ich.«

Aber Stineli mußte sich noch ein paarmal wundern, daß der Rico so bestimmt etwas sagen konnte. Das hatte es früher an ihm nicht gekannt.

Rico hatte oben in der Dachkammer ein Bett zurechtgemacht. Da schleppte er seine Sachen hinauf, denn er wollte erst morgen alles auspacken. Als nun am folgenden Tage, am hellen, schönen Sonntag, alle um den Tisch saßen, kam Rico und schüttete gerade vor das Urschli und den Peterli einen solchen Haufen von Pflaumen und Feigen hin, wie sie in ihrem ganzen Leben noch keinen gesehen hatten. Feigen hatten sie noch nie gegessen, und eine Menge Würste, Eier und Fleisch stellte er mitten auf den Tisch. Und als das große Erstaunen darüber ein wenig nachgelassen hatte, ging eine Schmauserei an, wie sie dort noch nicht stattgefunden hatte, und bis zum späten Abend knapperten die Kinder voller Vergnügen an den süßen Feigen herum.

Zwei frohe Reisende

Am Montag mußte die Reise erst am Abend vor sich gehen, das hatte der Roßhändler dem Rico genau gesagt, so daß dieser seinen Weg sicher wußte. Nachdem nun Abschied genommen war, wanderten Rico und Stineli nach Sils, und am Häuschen stand die Mutter und alle die kleinen Kinder um sie herum und schauten ihnen nach. Sami ging neben ihnen her und trug den Sack auf dem Kopf, und den Korb trug Rico auf der einen und Stineli auf der anderen Seite. Stinelis Kleider hatten gerade beide angefüllt.

Bei der Kirche in Sils sagte Stineli: »Wenn uns die Großmutter doch sehen könnte! Wir wollen ihr doch Lebewohl sagen, nicht, Rico?« Er wollte gern und sagte Stineli, daß er schon dagewesen wäre und sie nicht gefunden hätte, aber Stineli wußte, wo die Großmutter lag.

Als der Postwagen heranfuhr und stillehielt, rief der Kutscher herunter: »Sind die zwei da, die an den Gardasee hinunter müssen? Ich habe schon gestern nachgefragt!«

Der Roßhändler hatte sie gut empfohlen, und nun rief der Kutscher: »Hierherauf, die anderen haben gefroren, der Wagen ist voll, ihr seid jung.«

Damit half er ihnen auf den Sitz, oben auf dem Wagen hinter dem Bock, und nahm eine dicke Roßdecke hervor. Die deckte und stopfte er um die beiden herum, daß sie ganz eingewickelt waren, und nun ging's vorwärts.

Zum ersten Male seit sie sich wiedergesehen hatten, saßen nun Rico und Stineli allein beieinander und konnten sich ungestört von allem erzählen, was sie in den drei Jahren erlebt hatten. Das taten sie nun auch recht nach Herzenslust alles von Anfang an, und unter dem funkelnden Sternenhimmel fuhren sie dahin und hatten die ganze Nacht vor lauter Freude keinen Schlaf. Am Morgen kamen sie an den See, und genau um dieselbe Stunde, wie Rico in

Peschiera angekommen war, kamen auch sie an und gingen den Weg hinunter, dem See zu. Aber Rico wollte nicht, daß Stineli den See sähe, bevor es an seinem Plätzchen angekommen war. So führte er es nun zwischen den Bäumen hindurch, bis sie auf einmal bei der kleinen Brücke ins Freie herauskamen.

Da lag der See in der Abendsonne, und Rico und Stineli saßen auf dem Hügelchen und schauten hinüber. So wie ihn Rico geschildert hatte, so war er, nur noch viel schöner, denn solche Farben hatte Stineli noch nie gesehen. Es schaute hin und her zu den violetten Bergen und auf die goldene Flut und rief endlich voller Entzücken: »Er ist noch schöner als der Silsersee!«

Rico hatte ihn aber auch noch nie so schön gesehen wie jetzt, wo er mit dem Stineli hier saß.

Im stillen hatte Rico noch eine Freude – wie konnte er den Silvio und seine Mutter überraschen! Kein Mensch hatte gedacht, daß er so bald zurück sein könnte. Bevor acht Tage um waren, erwartete sie niemand, und nun saßen sie schon da am See. Bis die Sonne unter war, blieben sie an der Halde sitzen. Rico mußte dem Stineli zeigen, wo die Mutter stand, wenn sie am See wusch und er saß und auf sie wartete, und er mußte erzählen, wie sie miteinander über die schmale Brücke kamen und sie ihn an der Hand hielt.

»Aber wo seid ihr dann hingegangen?« fragte Stineli. »Hast du nie das Haus gefunden, wo ihr hineingegangen seid?«

Rico verneinte es. »Wenn ich da hinaufgehe, vom See zu den Schienen hinauf, dann ist's auf einmal, als hätte ich da mit der Mutter gestanden und hätte auf einem Tritt gesessen und vor uns die roten Blumen gesehen. Aber es ist nichts mehr da, und den Weg hinauf kenne ich nicht, den habe ich nie gesehen.«

Endlich standen sie auf und gingen dem Garten zu: Rico trug den Sack und Stineli den Korb. Wie sie in den Garten eintraten, mußte Stineli ausrufen: »O wie schön, o die schönen Blumen!«

Das hatte den Silvio wie eine Feder aufgeschnellt. Er schrie aus Leibeskräften: »Der Rico kommt mit dem Stineli!«

Die Mutter glaubte, das Fieber habe ihn gepackt. Sie warf ihre Sachen dahinten im Schrank, wo sie herumkramte, alle übereinander und kam herbeigelaufen.

In dem Augenblick aber trat der lebendige Rico in die Tür, und vor Schrecken und Freude hätte es die gute Frau fast umgeworfen, denn bis zu diesem Augenblick hatte sie heimlich immerfort die schwersten Befürchtungen ausgestanden, das Unternehmen könnte dem Rico doch ans Leben gehen.

Hinter Rico kam ein Mädchen hervor mit einem so freundlichen Gesicht, daß es der Frau Menotti sogleich das Herz gewann, denn sie war eine Frau von schnellen Eindrücken. Erst mußte sie aber dem Rico beide Hände vor Freude fast abschütteln, und währenddessen ging Stineli schnell an das Bettchen heran und begrüßte den Silvio. Es legte seinen Arm um des Bübleins schmale Schultern und lachte ihm ganz freundlich ins Gesicht, so als hätten sie sich schon lang gekannt und gern gehabt, und der Silvio packte es gleich um den Hals und zog es ganz auf sein Gesicht herunter. Dann legte das Stineli dem Silvio ein Geschenk aufs Bett, das es in die Tasche gesteckt hatte, um es gleich bei der Hand zu haben. Es war ein Kunstwerk, das der Peterli von jeher allen anderen Freuden vorgezogen hatte: Ein Tannenzapfen, dem in jede kleine Öffnung zwischen den harten Schuppen ein dünner Draht gesteckt war. Oben auf dem Draht war immer ein komisches Figürchen aus Pantoffelholz festgemacht. Alle diese Figürchen zappelten aber so lustig gegeneinander und verbeugten sich und hatten von Rötel und Kohle so feurig bemalte Gesichter, daß der Silvio nicht mehr aus dem Lachen kam.

Inzwischen hatte die Mutter von Rico das Notwendigste gehört, und daß er sicher und glücklich wieder da sei. Nun kehrte sie sich zum Stineli und begrüßte es voller Herzlichkeit, und Stineli sagte mehr mit seinen freundlichen Augen als mit dem Munde, denn es konnte gar nicht Italienisch und mußte sich mit seinen romanischen Worten helfen, wie es konnte. Aber es war nicht von schwerer Gemütsart und fand sich gleich zurecht, und wo es das Wort nicht fand, da beschrieb es die Sache gleich mit den Fingern und allerhand Zeichen, was dem Silvio unbeschreiblich kurzweilig vorkam, denn es war wie ein Spiel, wo es immer was zu raten gab.

Nun ging Frau Menotti an den Schrank, wo alles bereitlag, was man zum Essen brauchte, Teller und Tischtuch und das kalte Huhn, die Früchte und der Wein. Als Stineli das bemerkte, lief es gleich der Frau Menotti nach und trug herzu und deckte den Tisch und war so flink, daß Frau Menotti gar nichts mehr zu tun übrigblieb, als nur verwundert zuzusehen. Ehe sie nur Zeit hatte zu denken, was nun folge, hatte schon der Silvio alles auf seinem Brett, geschnitten und ganz ordentlich vorgelegt, wie es sein mußte, und die rasche Bedienung gefiel dem Silvio.

Da setzte sich Frau Menotti hin und sagte: »So habe ich es lange nicht gehabt, aber jetzt komm und sitz auch, Stineli, und iß mit uns.«

Nun aßen alle fröhlich und saßen beisammen, so als hätten sie immer zueinander gehört und müßten auch immer so zusammenbleiben. Dann fing Rico an, von der Reise zu berichten, und derweil stand Stineli auf und räumte alles wieder weg in den Kasten hinein, denn es wußte nun schon, wo alles seinen Platz hatte. Dann setzte es sich ganz nahe an Silvios Bett und machte mit seinen gelenkigen Fingern Figuren, so daß der Schatten davon auf die Wand fiel, und alle Augenblicke lachte der Silvio hellauf und rief: »Ein Hase! Ein Tier mit Hörnern! Eine Spinne mit langen Beinen!«

So verging der erste Abend so schnell und vergnügt, daß keines begreifen konnte, wo die Zeit hingekommen war, als es nun zehn Uhr schlug. Rico stand vom Tisch auf, denn er wußte, daß er nun gehen mußte. Es war aber eine schwarze Wolke über sein Gesicht gekommen. Er sagte kurz: »Gute Nacht!« und ging hinaus. Aber das Stineli lief ihm nach, und im Garten nahm es ihn bei der Hand und sagte: »Nun darfst du nicht traurig werden, Rico. Es ist so schön hier, ich kann dir gar nicht sagen, wie es mir gefällt und wie froh ich bin, und das habe ich alles dir zu danken. Und morgen kommst du wieder und alle Tage. Freut dich das nicht, Rico?«

»Ja«, sagte er und schaute das Stineli ganz schwarz an, »und alle Abend, wenn's am schönsten ist, muß ich fort und weg und gehöre zu niemandem.«

»Ach, so etwas mußt du nicht denken, Rico«, ermunterte ihn Stineli, »wir haben doch immer zueinander gehört und ich habe mich drei Jahre lang immer darauf gefreut, wenn wir wieder einmal zusammenkommen werden. Wenn es daheim manchmal so zuging, daß ich lieber nicht mehr hätte dabeisein wollen, dann dachte ich immer: Wenn ich nur einmal wieder bei dem Rico sein könnte, so wollte ich alles gern tun. Und nun ist es so gekommen, daß ich gar keine größere Freude wüßte, und jetzt willst du dich gar nicht mit mir freuen, Rico?«

»Doch, ich will«, sagte Rico und schaute Stineli heller an. Er gehörte doch zu jemand. Stinelis Worte hatten ihn wieder ins Gleichgewicht gebracht. Sie gaben einander noch einmal die Hand, dann ging Rico zum Garten hinaus.

Als Stineli in die Stube zurückkam und nach der Mutter Anweisung dem Silvio »Gute Nacht« sagen wollte, da ging ein neuer Kampf los. Er wollte es durchaus nicht von sich weglassen und rief immer wieder: »Das Stineli muß bei mir bleiben und immer an meinem Bette sitzen, es sagt lustige Worte und lacht mit den Augen.«

Da half nun keine Ermahnung, bis zuletzt die Mutter sagte: »So halt du ruhig das Stineli die ganze Nacht fest, damit es nicht schlafen kann. Dann ist es morgen krank wie du und kann nicht aufstehen, und du siehst es für lange Zeit nicht mehr.«

Da ließ Silvio endlich Stinelis Arm los, den er fest umklammert hatte, und sagte:

»Geh, schlaf, Stineli, doch komm früh am Morgen wieder!« Das versprach Stineli. Nun zeigte Frau Menotti ihm ein sauberes Kämmerlein, das auf den Garten hinausschaute, von wo ein lieblicher Blumenduft durch das offene Fenster heraufstieg.

Mit jedem Tage wurde das Stineli nun dem kleinen Silvio unentbehrlicher. Wenn es zur Tür hinausging, so hielt er das für ein Unglück. Dafür war er aber auch ordentlich und gut, wenn es bei ihm war, und tat alles, was es ihm sagte, und plagte seine Mutter gar nicht mehr. Es war auch, als ob das nervöse Büblein wirklich seit Stinelis Ankunft seine großen Schmerzen verloren habe, denn er hatte noch nie gejammert, seit es an seinem Bette saß, und doch war nun schon mancher Tag seit jenem Abend vergangen, wo es erschienen war.

Wolken am schönen Gardasee

Es kam ein prächtiger Herbstsonntag, und drüben in Riva sollte am Abend Tanz sein und Rico hinüberfahren, um zu spielen. So konnte er den Tag nicht mit Stineli und den anderen verbringen. Das war schon die Woche durch öfter besprochen worden, denn es war ein Ereignis für alle, wenn Rico nicht kam. Stineli suchte alles mögliche hervor, um der Sache noch eine gute Seite abzugewinnen: »Du fährst dann im Sonnenschein über den See und kommst unter dem Sternenhimmel wieder zurück, und wir denken die ganze Zeit an dich«, hatte es ihn getröstet, als er sagte, daß ein Tanzsonntag käme.

Rico kam am Samstag mit seiner Geige, denn Stinelis größte Freude war sein Spiel. Rico spielte schöne Lieder, eins nach dem anderen, aber sie waren alle traurig. Es war auch, als machten sie ihn wieder traurig, denn er schaute mit einer Düsterkeit auf seine Geige, als tue sie ihm das größte Leid an.

Auf einmal steckte er seinen Bogen weg, lange noch bevor es zehn geschlagen hatte, und sagte: »Ich will gehen.«

Frau Menotti wollte ihn halten, sie begriff nicht, was ihm einfiel. Stineli hatte ihn immer angesehen, während er spielte. Jetzt sagte es nur: »Ich gehe noch ein paar Schritte mit dir.«

»Nein!« rief Silvio, »geh nicht fort, bleib da, Stineli!«

»Ja, ja, Stineli«, sagte Rico, »bleib du nur da und laß mich gehen!«

Dabei sah er Stineli genau so an wie damals, als er vom Lehrer weg zu dem Holzstoß kam und sagte: »Es ist alles verloren!«

Stineli ging an Silvios Bett und sagte leise: »Sei brav, Silvio! Morgen erzähl' ich dir die allerlustigste Geschichte vom Peterli, aber mach jetzt keinen Lärm.«

Silvio war wirklich still, und Stineli ging dem Rico nach. Als sie am Gartenzaun standen, drehte Rico sich um und deutete auf die erleuchtete Stube, die vom Garten her so wohnlich aussah, und sagte:

»Geh wieder, Stineli, dort gehörst du hinein und bist dort daheim. Ich gehöre auf die Straße, ich bin nur ein Heimatloser, und so wird es immer sein. Darum laß mich nur gehen!«

»Nein, nein, so lass' ich dich nicht gehen. Rico, wo gehst du jetzt hin?«

»An den See«, sagte Rico und ging der Brücke zu. Stineli ging mit. Als sie an der Halde standen, hörten sie unten die leisen Wellen flüstern und lauschten eine Weile. Dann sagte Rico:

»Siehst du, Stineli, wenn du nicht da wärst, so ginge ich gleich fort, weit fort, aber ich wüßte auch nicht wohin. Ich muß doch immer ein Heimatloser sein und mein ganzes Leben lang so in Wirtshäusern geigen, wo sie lärmen, als ob sie von Sinnen wären, und in einer Kammer schlafen, wo ich lieber nicht mehr hineinginge. Du gehörst nun zu ihnen in das schöne Haus, und ich gehöre nirgends hin. Und siehst du, wenn ich da hinabsehe, so denke ich: Hätte mich doch die Mutter hier hineingeworfen, ehe sie sterben mußte, so wäre ich kein Heimatloser geworden.«

Stineli hatte mit Kummer im Herzen dem Rico zugehört. Als er aber diese letzten Worte sagte, bekam es einen großen Schreck und rief aus: »O Rico, so etwas darfst du gar nicht sagen. Du hast gewiß lange dein Vaterunser nicht mehr gebetet, darum sind dir diese bösen Gedanken gekommen.«

»Nein, ich habe nicht mehr gebetet, ich kann es nicht mehr.«

Das war dem Stineli ein schreckliches Wort.

»Oh, wenn das die Großmutter wüßte, Rico«, rief es jammernd aus, »sie müßte noch viel Kummer um dich haben! Weißt du, wie sie gesagt hat: ›Wer sein Vaterunser vergißt, dem geht es schlecht!‹ O komm, Rico, du mußt es wieder lernen, ich will dich's gleich lehren. Du kannst es bald wieder.«

Und Stineli fing an und sagte mit warmer Teilnahme seines Herzens zweimal hintereinander dem Rico das Vaterunser vor. Wie es nun so tiefbeteiligt den Worten folgte, merkte Stineli, daß gerade für den Rico viel Trostreiches darin vorkam, und als es zu Ende war, sagte es:

»Siehst du, Rico, weil doch dem lieben Gott das ganze Reich gehört, so kann er dir schon noch eine Heimat zeigen, und ihm gehört auch alle Kraft, damit er sie dir geben kann.«

»Jetzt kannst du sehen, Stineli«, entgegnete Rico, »wenn der liebe Gott in seinem Reich eine Heimat für mich hätte und auch die Kraft hat, daß er sie mir geben könnte, so *will* er nicht.«

»Ja, aber du mußt auch etwas bedenken«, fuhr Stineli fort, »der liebe Gott kann auch bei sich selbst sagen: ›Wenn der Rico etwas von mir will, so kann er auch einmal beten und kann mir's sagen.‹«

Dagegen wußte Rico nichts mehr einzuwenden. Er schwieg eine kleine Weile, dann sagte er:

»Sprich noch einmal das Vaterunser, ich will's wieder lernen.«

Stineli sagte es noch einmal, dann konnte es Rico wieder und hatte sich's eingeprägt. Nun gingen sie friedlich heim, jedes auf seine Seite, und Rico mußte noch immer an das Reich und die Kraft denken.

An dem Abend aber, als er in seiner stillen Kammer war, betete er von Herzen demütig, denn er fühlte, daß er im Unrecht war, zu denken, der liebe Gott solle ihm geben, was ihm fehle, und er hatte ihn ja nie darum gebeten.

Stineli trat gedankenvoll in den Garten ein. Es überlegte, ob es über alles mit Frau Menotti reden solle. Vielleicht könnte sie für den Rico eine andere Beschäftigung finden als in den Wirtshäusern zum Tanz zu geigen, was ihm so zuwider war. Aber der Gedanke, Frau Menotti mit ihren Angelegenheiten zu beschäftigen, verging ihm, als es in die Stube eingetreten war. Silvio lag glühendrot auf seinem Kissen und atmete heftig und ungleich, und am Bette saß die Mutter und weinte kläglich. Silvio hatte einmal wieder einen seiner Anfälle und große Schmerzen gehabt, und ein wenig Zorn, daß das Stineli fort war, mochte das Fieber noch vermehrt haben. Die Mutter war so niedergeschlagen, wie Stineli sie noch nie gesehen hatte. Als sie sich endlich ein wenig ermuntern konnte, sagte sie:

»Komm, Stineli, setz dich da neben mich, ich möchte dir etwas sagen. Sieh, es liegt mir etwas so schwer auf dem Herzen, daß ich manchmal meine, ich könne es fast nicht mehr ertragen. Du bist freilich jung, aber du bist ein vernünftiges Mädchen und hast schon viel gesehen, und ich glaube, es würde mir schon leichter werden, wenn ich mit dir darüber reden könnte. Du siehst ja, wie es mit dem Silvio ist, mit meinem einzigen Söhnlein. Nun habe ich aber nicht nur das Leid seiner Krankheit, die ja nie heilen kann, sondern ich muß oft bei mir selbst sagen: Es ist vielleicht eine Strafe von

Gott, weil wir unrechtes Gut behalten wollten. Ich will dir's aber von Anfang an erzählen.

Als wir uns verheirateten, der Menotti und ich – er hatte mich von Riva herübergeholt, wo mein Vater noch ist – da hatte Menotti hier einen guten Freund, der wollte eben fort, weil ihm das Land verleidet war, denn er hatte seine Frau verloren. Er besaß ein Häuschen und einen großen Acker und Feld, nicht besonders gutes Land, doch eine große Strecke. Da wollte er, daß mein Mann alles übernähme, und sagte, das Land trüge ja nicht soviel, er solle es ihm in Ordnung halten und das Haus dazu, bis er in ein paar Jahren wiederkäme. So machten es die Freunde aus, und sie hielten viel voneinander und machten nichts aus wegen Zinsen. Mein Mann sagte: »Du sollst deine Sache in Ordnung haben, wenn du wiederkommst«, denn er wollte alles gut verwerten und verstand sich auf die Landwirtschaft, und sein Freund wußte es wohl und überließ ihm alles. Aber gleich ein Jahr danach wurde die Eisenbahn gebaut. Das Häuschen mußte mit dem Garten weg, und der Acker wurde gebraucht, der Schienenweg geht darüber. So bekam mein Mann viel mehr Geld, als es wert war, und kaufte hier weiter unten gutes Land und den Garten und baute das Haus. Alles von dem Geld, und das Land trug mehr als das Doppelte hier unten ein, so daß wir die reichsten Ernten hatten. Ich sagte nun manchmal zu meinem Mann: ›Es gehört uns doch nicht, und wir leben im Überfluß aus dem Gut eines anderen. Wenn wir nur wüßten, wo er wäre!‹ Allein mein Mann beruhigte mich und sagte: ›Ich halte ihm alles in Ordnung, und wenn er kommt, ist alles sein, und vom Gewinn, den ich beiseite gelegt, soll er auch seinen Teil haben.‹

Dann bekamen wir den Silvio, und wie ich merkte, daß das Büblein krank war, da mußte ich immer wieder zu meinem Mann sagen: ›Wir leben von unrechtem Gut, es ist eine Strafe für uns.‹ Und manchmal war es mir so schwer, daß ich fast lieber arm gewesen wäre und ohne Haus. Allein mein Mann tröstete mich wieder und sagte: ›Du wirst sehen, daß er mit mir zufrieden sein wird, wenn er kommt.‹ Aber er kam nie. Da starb mein Mann schon vor vier Jahren. Ach, was habe ich seitdem ausgestanden und muß immer denken: Wie kann ich nur von dem unrechten Gut abkommen ohne Unrecht, denn ich sollte es doch in guter Ordnung halten, bis der Freund wiederkommt. Dann denk' ich wieder: Wenn er nun irgendwo im Elend wäre und ich lebe inzwischen so gut und weiß nichts von ihm.«

Stineli hatte großes Mitleid mit Frau Menotti, denn es konnte sich gut denken, wie es der Frau zumute war, die sich ein Unrecht vorwarf, das sie nicht ändern konnte. Und es tröstete Frau Menotti und sagte ihr: Wenn man ein Unrecht gar nicht wolle und es gern gutmachen möchte, dann dürfe man den lieben Gott zuversichtlich bitten, daß er helfe. Er könne schon etwas Gutes aus dem machen, was wir verkehrt gemacht haben, und er wird es auch tun, wenn uns das Verkehrte recht leid tue. Das wisse es alles von der Großmutter, denn es habe sich auch einmal nicht mehr zu helfen gewußt und große Angst ausgestanden.

Dann erzählte Stineli von dem See, den Rico immer im Sinn gehabt, und wie es schuld an seinem Fortlaufen gewesen sei und gefürchtet habe, er sei ums Leben gekommen. Und es sagte, es sei ihm dann auch ganz wohl geworden, wie es so gebetet und alles dem lieben Gott überlassen habe. Frau Menotti müsse es nun auch so machen, dann werde es ihr sehr leicht ums Herz werden, denn sie könne dann immer fröhlich denken: »Jetzt hat der liebe Gott die Sache in die Hand genommen.« Frau Menotti wurde von Stinelis Worten ganz andächtig gestimmt und sagte, sie wolle nun in Frieden zur Ruhe gehen, es habe ihr mit seiner Zuversicht recht gut getan.

In der Heimat

Als der goldene Sonntagmorgen über dem Garten mit den roten Blumen leuchtete, kam Frau Menotti heraus und setzte sich auf die Rasenbank am Zaun. Sie schaute ringsum und hatte ihre eigenen Gedanken dabei. Hier die Oleanderblumen und die Lorbeerhecke dahinter, dort die vollen Feigenbäume und die goldenen Weinranken dazwischen – da sagte sie leise für sich: »Gott weiß, ich wäre froh, wenn mir das Unrecht vom Gewissen genommen würde, aber so schön, wie es hier ist, fände ich's nirgends mehr.«

Jetzt kam der Rico in den Garten. Er mußte ja heut nachmittag und so den ganzen Tag fort; ohne einmal zu kommen, konnte er's nicht gut aushalten. Als er gerade in die Stube gehen wollte, rief ihn Frau Menotti und sagte:

»Setz dich einen Augenblick zu mir her. Wer weiß, wie lange wir noch nebeneinander sitzen werden!«

Rico erschrak.

»Warum denn, Frau Menotti, Ihr geht doch nicht fort?«

Nun mußte Frau Menotti ablenken, ihre Geschichte konnte sie nicht erzählen. Es fiel ihr aber ein, was Stineli ihr gestern abend vom Rico gesagt hatte. Sie war aber so von ihrer eigenen Sache erfüllt gewesen, daß sie es nicht richtig verstanden hatte. Jetzt fing sie an, sich ein wenig zu wundern, als es ihr wieder in den Sinn kam.

»Sag einmal, Rico«, fing sie an, »warst du denn früher schon einmal da, weil du den See wiedersehen wolltest, wie mir das Stineli gestern erzählt hat?«

»Ja, als ich klein war«, sagte Rico, »dann kam ich fort.«

»Wie kamst du denn hierher, als du klein warst?«

»Hier kam ich auf die Welt.«

»Was, hier? Was war dein Vater, weil er aus den Bergen hier herunterkam?«

»Er war nicht aus den Bergen, nur die Mutter!«

»Was du sagst, Rico. Dein Vater war doch nicht etwa von hier?«

»Doch, er war von hier.«

»Das hast du alles nicht erzählt, das ist ja so merkwürdig! Du hast doch keinen Namen von hier. Wie hieß denn dein Vater?«

»Wie ich hieß er: Enrico Trevillo.«

Frau Menotti fuhr von der Bank auf, als treffe sie der Schlag.

»Was sagst du da, Rico«, rief sie, »was hast du gerade jetzt gesagt?«

»Meines Vaters Namen«, sagte Rico ruhig.

Frau Menotti hatte nicht mehr zugehört, sie war an die Tür gelaufen.

»Stineli, gib mir ein Halstuch«, rief sie hinein. »Ich muß auf der Stelle zum Pfarrer, mir zittern alle Glieder.«

Stineli brachte erstaunt ein Halstuch.

»Komm ein paar Schritte mit mir, Rico«, sagte Frau Menotti im Weggehen. »Ich muß dich noch etwas fragen.«

Zweimal noch mußte Rico sagen, wie sein Vater hieß, und Frau Menotti fragte ihn noch zum dritten Male an der Tür des Pfarrers, ob er das auch bestimmt wüßte. Dann ging sie in das Haus. Rico ging zurück und war über Frau Menotti sehr verwundert.

Rico hatte seine Geige mitgebracht, er wußte, daß es dem Stineli jedesmal Freude machte, wenn sie mitkam. Als er nun damit in der Stube anlangte, traf er den Silvio und das Stineli in der besten Stimmung. Stineli hatte seinem Versprechen gemäß die Geschichte vom Peterli erzählt und damit sich und den Silvio in die größte Heiterkeit versetzt. Als dieser nun die Geige erblickte, rief er gleich: »Nun wollen wir singen, mit Stineli zusammen wollen wir die Schäflein singen.« Stineli hatte nie mehr sein Lied gehört, seit es entstanden war, denn Rico spielte jetzt viele schöne Weisen, und es hatte lange niemand mehr an das Lied gedacht. Daß aber der kleine Silvio das deutsche Lied singen wollte, überraschte es sehr, denn es wußte nicht, wie viele hundert Male Rico es ihm in den drei Jahren vorgesungen hatte. Stineli hatte die größte Freude, daß es das alte Lied wieder einmal mit Rico singen sollte, und nun ging's los, und richtig: Silvio sang aus Leibeskräften mit; ohne daß er ein einziges Wort verstand, hatte er sie alle durch das viele Anhören dem Tone nach behalten. Aber diesmal war das Lachen am Stineli, denn Silvio sprach seine Worte meistens so komisch aus, daß es vor Lachen gar nicht singen konnte. Als nun Silvio das Stineli so mit dem ganzen Gesicht lachen sah, da fing auch er an, und dann sang er noch lauter, damit das Stineli noch mehr lachen mußte, und Rico geigte dazu mit aller Kraft sein: »Schäflein hinunter.«

So tönte das singende Gelächter Frau Menotti schon von weitem entgegen, als sie sich ihrem Garten näherte. Sie konnte nicht recht fassen, wie das in dieser ereignisreichen Stunde möglich war. Schnell ging sie durch den Garten und trat in die Stube ein. Sie mußte sich gleich auf dem ersten Stuhl niederlassen, denn der Schreck und die Freude und das Laufen und die Erwartung der kommenden Dinge hatten sie überwältigt, und sie mußte erst zu sich kommen. Die Sänger waren verstummt und schauten verwundert auf die Mutter. Jetzt hatte sie sich gesammelt.

»Rico«, sagte sie, feierlicher als sonst. »Rico, sieh dich um! Dieses Haus, dieser Garten, das Feld, alles, was du hier sehen und nicht sehen kannst von oben bis unten, das gehört dir. Du bist der Besitzer, es ist dein väterliches Erbgut. Das ist deine Heimat. Dein Name steht im Taufbuch, du bist der Sohn von Enrico Trevillo, und der war meines Mannes bester Freund.«

Stineli hatte bei den ersten zwei Worten schon alles begriffen und große Freude überstrahlte sein Gesicht. Rico saß wie versteinert auf seinem Stuhl und gab keinen Laut von sich. Aber der Silvio, großen Spaß ahnend, brach in Jubel aus und rief:

»Oh, jetzt gehört auf einmal dem Rico das Haus! Wo muß er schlafen?«

»Muß? Muß? Silvio!« sagte die Mutter. »In allen Stuben kann er sein, wo er will. Er kann uns alle drei heut noch da hinaussetzen, wenn er will, und ganz mutterseelenallein im Hause bleiben.«

»Dann käm' ich lieber auch zu euch hinaus«, sagte Rico.

»Ach, du guter Rico!« rief Frau Menotti aus. »Wenn du uns dabehalten willst, wie bleiben wir so gern! Siehst du, ich habe mir schon auf dem Heimweg ein wenig ausgedacht, wie wir es machen können. Ich könnte dir das halbe Haus abnehmen, mit dem Garten und dem Land; so gehörte die eine Hälfte von allem dir und die andere Silvio.«

»Dann geb' ich meine Hälfte dem Stineli«, rief Silvio.

»Und ich die meine auch«, sagte Rico.

»Oho, nun gehört alles dem Stineli!« frohlockte der Kleine aus seinem Bett heraus, »der Garten und das Haus und alles, was drin ist, die Stühle und die Tische und ich und der Rico und seine Geige. Jetzt wollen wir wieder singen!«

Aber so einfach, wie Silvio die Sache auffaßte, kam sie dem Rico nicht vor. Er hatte derweil über die Worte von Frau Menotti nachgedacht und fragte nun zaghaft:

»Aber wie kann das sein, daß das Haus von Silvios Vater meines ist, nur darum, weil mein Vater sein Freund war?«

Da fiel es Frau Menotti erst ein, daß Rico ja von dem ganzen Hergang der Sache noch nichts wußte, und sie fing gleich an und erzählte die ganze Geschichte noch einmal von vorn an und noch viel weitläufiger, als sie es am Abend vorher dem Stineli erzählt hatte. Und als sie zu Ende war, da hatten die drei alles völlig verstanden, und bei allen dreien ging ein unbeschreiblicher Jubel los, denn da war gar kein Hindernis mehr, daß Rico sofort in sein Haus einziehe und es nie wieder verlasse.

Mitten in dem Jubel aber sagte Rico:

»Weil doch alles so ist, Frau Menotti, so braucht ja nun gar nichts in dem Hause anders zu werden. Ich komme nun auch und bin hier daheim, und wir bleiben alle zusammen, und Ihr seid unsere Mutter.« – »O Rico, daß du es bist, daß du es bist! Wie hat doch der liebe Gott das alles so schön gemacht. Daß ich alles dir übergeben habe und doch mit dem besten Gewissen dableiben kann. Ich will dir auch eine Mutter sein, Rico, sieh, du bist mir ja auch lange schon lieb wie ein eigenes Kind. Jetzt mußt du mich auch Mutter nennen, und das Stineli auch, und wir sind die glücklichste Haushaltung in ganz Peschiera.«

»Jetzt müssen wir unser Lied fertigsingen«, rief der Silvio, dem es so zum Singen und Jauchzen war, daß er einen Ausweg haben mußte. Rico und Stineli begannen noch einmal den Gesang mit der größten Fröhlichkeit, denn es war ihnen nicht weniger wohl ums Herz.

Aber nach Riva ging der Rico an dem Tage nicht. Mutter Menotti hatte ihm geraten, gleich hinzugehen und der Wirtin seine veränderten Verhältnisse mitzuteilen, und einen Geiger nach Riva zu beordern und noch gleich heute in sein Haus einzuziehen. Dieser Vorschlag gefiel dem Rico, und er eilte gleich fort. Die Wirtin hörte ihm mit der größten Verwunderung zu, als er ihr seine Mitteilungen machte. Wie er fertig war, rief sie ihren Mann herbei und bezeugte eine laute Freude und wünschte dem Rico allen Segen in sein Haus, und es kam ihr wirklich von Herzen. Sie verlor ihn ungern, aber sie hatte schon seit einiger Zeit Angst gehabt, die Wirtin zu den »Drei Kronen« fahnde auf den Rico und mache ihn ihr noch abspenstig, das hätte sie nicht ertragen. Nun war der gefürchteten Tat der Riegel vorgestoßen, und daß der Rico ein Gutsherr geworden war, gönnte sie ihm, denn sie hatte ihn immer gut leiden gemocht. Und der Mann hatte an der Sache seine besondere Freude, denn er hatte den Vater gekannt und konnte gar nicht begreifen, daß es ihm nie aufgefallen war, wie ihm der Rico aufs

Haar gleiche. So nahm Rico aus dem Hause freundlichen Abschied, und als ihm die Wirtin vor der Tür noch einmal die Hand gab, empfahl sie sich noch für alle Fälle, wenn er etwa mit der Zeit einmal ein Fest von seinem Haus aus zu geben hätte. Noch an demselben Abend wußte ganz Peschiera die Geschichte des Rico, wie sie sich zugetragen hatte, und dann noch viel dazu. Jeder gönnte dem Rico sein Glück, und einer sagte zum anderen: »Er paßt so gut als Herr auf sein Gütlein, als wäre er extra dafür geschaffen worden.«

Sonnenschein am Gardasee

So waren zwei Jahre dahingeflogen, immer ein Tag schöner als der andere. Da wußte Stineli, daß nun die Zeit seiner Abreise gekommen war, und es mußte sehr mit sich kämpfen, damit es nicht den Mut verlor. Fortgehen und vielleicht nie wiederkommen, das war der schwerste Gedanke, der je auf sein Herz gefallen war. Auch Rico wußte, was nun kommen würde, und er sagte manchen Tag lang nur die notwendigsten Worte. Da wurde es Mutter Menotti ganz unheimlich zumute, und sie forschte der unbekannten Ursache nach, denn sie hatte schon lange vergessen, daß das Stineli konfirmiert werden sollte. Als nun diese Besorgnis herauskam, sagte Mutter Menotti beruhigend: »Man kann schon noch ein Jahr warten«, und so lebten alle in Freuden ein Jahr weiter.

Aber im dritten Jahr kam Nachricht aus Bergamo, es sei da einer aus den Bergen herunter angekommen, der habe Befehl, das Stineli mit nach Hause zu nehmen. Nun mußte es sein. Der kleine Silvio gebärdete sich wie ein Besessener, aber es half nichts, gegen das Schicksal konnte er nicht aufkommen. Mutter Menotti sagte die letzten drei Tage hintereinander nur immerzu: »Komm nur auch wieder, Stineli. Versprich dem Vater, was er will, wenn er dich nur wieder gehen läßt.«

Rico sagte gar nichts mehr. So reiste das Stineli ab, und von dem Tage an lag es wie eine graue, schwere Wolke über dem Hause, wenn draußen die Sonne auch noch so schön schien. So blieb es vom November an bis zum Osterfest, wo alle Leute sich freuten; aber in dem Hause blieb es sehr still. Und als das Fest vorüber war und draußen im Garten alles blühte und duftete, viel schöner als je, da saß Rico eines Abends neben Silvio und spielte die allertraurigste Melodie, die er kannte, und machte den kleinen Silvio richtig tiefsinnig. Mit einem Male ertönte aus dem Garten eine Stimme: »Rico, Rico, hast du keinen fröhlicheren Empfang für mich?«

Silvio schrie auf wie außer sich. Rico warf die Geige auf das Bett und sprang hinaus. Die Mutter stürzte voller Schrecken herbei. Da erschien an der Tür Rico mit dem Stineli. Und wie seine Augen wieder in die Stube hereinlachten – da war der langverlorene Sonnenschein zurückgekehrt, und es gab ein Wiedersehen von solcher Freude, wie es sich keins von allen in der Trennung hatte vorstellen können. Da saßen sie wieder am Tisch bei Silvios Bett, und es ging an ein Fragen und Erzählen und Berichten und wieder ein Frohlocken über das Ende der schweren Trennungszeit. Es war ein solcher Festabend, daß man hätte denken können, diesen vier Menschen könne gar nichts mehr zu einem fertigen Glück fehlen. Aber dem Rico schien es ganz anders zu sein. Mitten in der Fröhlichkeit fing er auf einmal an zu staunen, wie früher. Doch dauerte es nicht so lange wie damals, er mußte ziemlich bald einen befriedigenden Endpunkt gefunden haben, denn plötzlich war das Staunen vorbei, und mit der größten Bestimmtheit sprach er die Worte aus:

»Das Stineli muß auf der Stelle meine Frau werden, sonst kommt es uns noch einmal fort, das halten wir nicht aus.«

Silvio geriet sogleich in äußerste Begeisterung für dieses Unternehmen, und es dauerte gar nicht lange, so waren sich alle darüber einig, daß es so sein müsse und gar nicht anders sein könnte. –

Am schönsten Maitage, der je über Peschiera geleuchtet hatte, bewegte sich ein langer Festzug von der Kirche her der »Goldenen Sonne« entgegen. Voran kam der hochgewachsene Rico stattlich dahergeschritten, an seiner Seite das frohäugige Stineli mit einem frischen Blumenkränzlein auf dem Kopf. Dann kam in weichgepolstertem Wägelchen, von zwei fröhlichen Peschierabuben gezogen, der kleine Silvio, freudeglänzend wie ein Triumphator, darauf folgte Mutter Menotti, ganz gerührt und ergriffen in ihrem rauschenden Hochzeitsstaat. Nach ihr der Bursche mit einem Blumenstrauß, der ihm die ganze Brust bedeckte, und nun wogte ganz Peschiera mit der allerlautesten Anteilnahme daher, denn das schöne Paar wollten alle sehen und mitfeiern. Es war wie ein großes Familienfest der Leute von Peschiera, als nun der verlorene und wiedergekehrte Peschierianer daranging, sein festes Haus in seiner Heimat zu gründen.

Die Siegesfreude der Wirtin zur »Goldenen Sonne«, als sie den Zug vor ihrem Hause ankommen sah, ist nicht zu beschreiben! Wo auch nachher noch von irgendeiner Hochzeit, hoch oder niedrig, die Rede war, da sagte sie mit Überlegenheit:

»Das ist alles gar nichts gegen Ricos Hochzeit in der ›Goldenen Sonne‹!«

In dem Hause am Blumengarten ging der Sonnenschein nicht mehr verloren. Stineli sorgte aber auch dafür, daß das Vaterunser nie wieder vergessen wurde, und jeden Sonntagabend ertönte das Lied der Großmutter im hellen Chor den Garten hinaus.

Wie Wiselis Weg gefunden wird

Auf dem Schlittenweg

Draußen vor der Stadt Bern liegt ein Dörflein an einer Halde. Ich kann hier nicht genau sagen, wie es heißt, aber ich will es ein wenig beschreiben, wer dann dahinkommt, kann es gleich erkennen. Oben auf der Anhöhe steht ein einzelnes Haus mit einem Garten daran, voll schöner Blumen von allen Arten. Das gehört dem Oberst Ritter und heißt »Auf der Halde«. Von da geht es hinunter, dann steht auf einem kleinen ebenen Platze die Kirche und daneben das Pfarrhaus. Dort hat die Frau des Obersten als Pfarrerstochter ihre fröhliche Kindheit verlebt. Etwas weiter unten kommt das Schulhaus und noch einige Häuser, und dann links am Wege noch ein Häuschen ganz allein. Davor liegt auch ein Gärtchen mit ein paar Rosen und ein paar Nelken und ein paar Resedastöckchen, daneben aber mit Zichorien und Spinat bepflanzt und mit einer niederen Hecke von Johannisbeersträuchern umgeben. Alles ist da immer in bester Ordnung und kein Unkraut zu sehen. Nun geht der Weg wieder bergab die ganze, lange Halde hinunter bis auf die große Straße, die der Aare entlang ins Land hinaus geht.

Diese ganze lange Halde bildete zur Winterszeit den herrlichsten Schlittenweg, der weit und breit zu finden war. So war es auch an einem hellen Januarabend, als die Schlittenbahn vor Kälte laut unter den Füßen der Kinder knisterte und der Schnee nebenan auf den Feldern so hart gefroren war, daß man wie auf einer festen Straße darauf hätte fahren können. Die Kinder aber waren alle glühend rot und heiß, denn eben waren sie im angestrengten Lauf den ganzen Berg heraufgeeilt, ihre Schlitten nachziehend und sie nun schnell wendend und sich darauf stürzend, denn es hatte Eile. Drüben stand der Mond schon hell am Himmel, und die Betglocke hatte auch schon geläutet. Die Buben hatten aber alle gerufen: »Noch einmal! Noch einmal!« Und die Mädchen waren einverstanden. Doch beim Aufsitzen gab es eine Verwirrung und großen Lärm: Drei Buben wollten durchaus auf demselben Platz mit ihren Schlitten stehen, und keiner wollte auch nur einen Zoll zurückweichen und später abfahren. So drückten sie einander auf die Seite hin, und der breite Chäppi wurde von den beiden anderen so gegen den Rand des Weges gestoßen, daß er mit dem Schlitten hineinsank und fühlte, daß er unter ihm steckenblieb. Eine große Wut ergriff ihn beim Gedanken, daß die anderen nun abfahren könnten. Er schaute um sich. Da fiel sein Blick auf ein ganz kleines, schmales Mädchen, das neben ihm im Schnee stand. Es war sehr bleich und hielt beide Arme in seine Schürze gewickelt, um es wärmer zu haben, aber es zitterte doch an seinem ganzen dünnen Körperchen vor Frost. Das schien dem Chäppi ein passender Gegenstand zu sein, um seine Wut daran auszulassen.

»Kannst du einem nicht aus dem Wege gehen, du lumpiges Ding du? Du brauchst hier nicht zu stehen, du hast ja nicht einmal einen Schlitten. Wart nur, ich will dir schon aus dem Wege helfen.« Damit stieß der Chäppi seinen Stiefel in den Schnee hinein, um dem Kinde eine Schneewolke entgegenzuwerfen. Es lief zurück, so daß es bis an die Knie in den Schnee hineinsank, und sagte schüchtern: »Ich wollte nur zusehen!« Der Chäppi stieß eben seinen Stiefel noch einmal in den Schnee hinein, als ihn von hinten eine so heftige Ohrfeige traf, daß er fast vom Schlitten herunterfiel. »Wart du!« rief er außer sich vor Erbitterung, denn sein Ohr sauste, wie es noch nie gesaust hatte, und mit geballter Faust kehrte er sich um, seinen Feind zu treffen. Da stand einer hinter ihm, der hatte eben seinen Schlitten zum Abfahren zurechtgestellt, und schaute nun ganz ruhig auf den Chäppi nieder und sagte: »Probier's!« Es war Chäppi s Klassengenosse, der elfjährige Otto Ritter, der öfter mit dem Chäppi kleine Meinungsverschiedenheiten auszugleichen hatte. Otto war ein schlanker, aufgeschossener Junge, lange nicht so breit wie der Chäppi. Doch dieser hatte schon mehr als einmal erfahren, daß Otto eine merkwürdige Gewandtheit in Händen und Füßen besaß, gegen die sich der Chäppi nicht zu helfen wußte. Er schlug nicht zu, aber die geballte Faust hielt er immer in die Höhe, und wuterfüllt rief er: »Laß mich gehen, ich habe nichts mit dir zu tun!« – »Aber ich mit dir«, entgegnete Otto kriegerisch. »Was brauchst du das Wiseli dorthinein zu jagen und ihm noch Schnee anzuwerfen. Ich habe dich wohl gesehen, du Feigling, der ein Kleines verfolgt, das sich nicht wehren kann.« Damit kehrte er dem Chäppi verächtlich den Rücken und wandte sich dem Schneefelde zu, wo das bleiche Wiseli noch immer stand und zitterte. »Komm heraus aus dem Schnee, Wiseli«, sagte Otto beschützend. »Sieh mal, du klapperst ja vor Frost. Hast du wirklich gar keinen Schlitten und hast nur zusehen müssen? Da, nimm den meinen und fahr einmal hinunter, schnell, siehst du, da fahren sie schon.« Das bleiche, schüchterne Wiseli wußte gar nicht, wie ihm geschah. Zwei-, dreimal hatte es zugeschaut, wie eines nach dem anderen auf seinem Schlitten saß, und gedacht: »Wenn ich nur ein einziges Mal ganz hinten aufsitzen dürfte«, wo schon drei auf einem Schlitten saßen. Nun sollte es allein hinunterfahren dürfen und dazu noch auf dem allerschönsten Schlitten mit dem Löwenkopf vorn, der immer vor allen anderen kam, weil er so leicht war und hoch mit Eisen beschlagen. Vor lauter Glück stand Wiseli unschlüssig da und schaute nach dem Chäppi, ob er es nicht vielleicht zur Strafe für sein Glück zu prügeln gedenke. Aber der saß jetzt abgekühlt da, so, als wäre gar nichts geschehen, und Otto stand so schutzverheißend daneben, daß ihm der Mut kam, sein Glück zu erfassen. Es setzte sich wirklich auf den schönen Schlitten, und als nun Otto mahnte: »Mach, mach, Wiseli, fahr ab!« so gehorchte es, und hinunter ging's, wie vom Winde getragen. In der kürzesten Zeit hörte Otto die ganze Gesellschaft wieder herankeuchen, und er rief entgegen: »Wiseli, bleib unter den Vordersten und sitz gleich noch einmal auf und fahr zu, dann müssen wir gehen.« Das glückliche Wiseli setzte sich noch einmal hin und genoß von neuem die langersehnte Freude. Darauf brachte es seinen Schlitten und dankte seinem Wohltäter ganz schüchtern, mehr mit den freudestrahlenden Augen als mit Worten, dann rannte es eilig davon. Otto fühlte sich sehr befriedigt. »Wo ist das Miezi?« rief er in die sich zerstreuende Gesellschaft hinein. »Da ist es«, ertönte eine fröhliche Kinderstimme, und aus dem Knäuel heraus trat ein rundes, rotbackiges kleines Mädchen, das der Bruder Otto als kräftiger Beschützer bei der Hand faßte und nun mit ihm dem väterlichen Hause zueilte, denn es war heute spät geworden. Die erlaubte Zeit des Schlittenfahrens war ziemlich lange überschritten.

Daheim, wo's gut ist

Als Otto und seine Schwester durch den langen, steinernen Hausflur hereinstürmten, kam die alte Trine aus einer Tür und hielt ihr Licht in die Höhe, um besser zu sehen, was dahergetrappelt kam. »So, endlich!« sagte sie, halb zankend, halb wohlgefällig. »Die Mutter hat schon lange nachgefragt, aber da war kein Bein zu sehen, und acht Uhr hat's vor wer weiß wie langer Zeit geschlagen.« Die alte Trine war schon Magd in der Familie gewesen, als die Mutter der beiden Kinder zur Welt kam. Daher hatte sie große Rechte im Hause und fühlte sich durchaus als Mitglied desselben, eigentlich als Haupt, denn an Alter und Erfahrung war sie die erste. Die alte Trine war in beide Kinder ihrer Herrschaft vernarrt und sehr stolz auf alle ihre Anlagen und Eigenschaften. Das ließ sie aber nicht merken, sondern sprach immer im Ton halber Entrüstung von ihnen, denn das fand sie heilsam zu ihrer Erziehung. »Schuhe aus, Pantoffel an!« rief sie jetzt, Ordnung gebietend. Der Befehl wurde aber gleich darauf von ihr selbst vollzogen, denn sofort kniete sie vor Otto hin, der sich auf einem Sessel niedergelassen hatte, und zog ihm die nassen Schuhe aus. Die kleine Schwester stand inzwischen mitten in der Stube still und rührte sich nicht, was sonst nicht ihre Art war, so daß die alte Trine während ihrer Arbeit ein paarmal hinüberschielte. Jetzt war Otto fertig, und Miezchen sollte auf dem Sessel sitzen, aber es stand noch auf demselben Platz und rührte sich nicht. »Nu, nu, sollen wir warten, bis es Sommer wird, dann trocknen die Schuhe von selbst«, sagte die Trine, auf ihren Knien harrend. »Bst! bst! Trine, ich habe etwas gehört. Wer ist in der großen Stube?« fragte Miezchen und hob den Zeigefinger drohend in die Höhe. »Alles Leute mit trockenen Schuhen, und andere kommen nicht hinein. Jetzt komm und sitz nieder«, mahnte Trine. Aber anstatt zu sitzen, machte Miezchen einen Sprung und rief: »Jetzt hab' ich's wieder gehört, so lacht der Onkel Max.« – »Was?« schrie Otto und war mit einem Satz an der Tür. »Wart! Wart!« schrie Miezchen nach und wollte gleich mit zur Tür hinaus, allein jetzt wurde es abgefaßt und auf den Stuhl gesetzt. Die alte Trine hatte freilich einen schweren Stand mit den zappelnden Füßen. Jedoch gelang die Arbeit, und nun stürzte Miezchen zur Tür hinaus und hinüber in die große Stube und gerade auf den Onkel Max los, der wirklich dort im Lehnstuhl saß. Da war nun ein großer Freudenlärm und ein Grüßen und Willkommenrufen in allen Tönen, und in das Gelärm der Kinder stimmte der Onkel Max wacker mit ein, und es dauerte geraume Zeit, bis sich der Tumult etwas gelegt hatte und die Festfreude einen ruhigen Charakter annahm. Denn ein Fest für die Kinder war der Onkel jedesmal und aus triftigen Gründen. Onkel Max war ihr besonderer Freund. Er war fast immer auf Reisen und kam nur alle paar Jahre einmal zum Besuch. Dann gab er sich reizend mit den Kindern ab, als gehörten sie ihm selber, und was er für herrliche Sachen in allen Taschen für sie hatte, das war mit nichts zu vergleichen, denn es war alles so fremdartig und zauberhaft. Onkel Max war ein Naturforscher und reiste in allen Winkeln der Erde umher, und aus jedem brachte er etwas Seltsames mit.

Endlich saß die Gesellschaft geordnet um den Tisch herum, und die dampfende Schüssel brachte noch völlige Besänftigung in die aufgeregten Gemüter, denn von der Schlittenbahn wurde immer ein richtiger Appetit mitgebracht. »So«, sagte der Papa über den Tisch hinüberblickend, wo an der Seite der Mutter das Töchterchen fleißig arbeitete, »so, so, heut hat also Miezchen keine Hand für seinen Papa, noch hab' ich keinen Gruß bekommen, und jetzt ist keine Zeit mehr dazu.«

»Ja, ja, Otto«, tönte es nun zurück, »und wenn du bös wirst, dann siehst du ganz aus wie ein – wie ein –« – »Wie ein Mann«, ergänzte Otto, und da dem Miezchen gerade kein Vergleich zu Gebote stand, so arbeitete es jetzt um so eifriger an seinem Brei herum. Der Onkel lachte laut auf. »Das Miezchen behält recht«, rief er; »seinen Geschäften obliegen ist besser, als auf Schmähungen antworten.« – »Aber, Kinder«, setzte er nach einer Weile hinzu, »nun bin ich mehr als ein Jahr nicht hier gewesen, und ihr habt mir noch gar nichts erzählt. Was habt ihr denn alles in dieser Zeit erlebt?« Die neuesten Ereignisse erfüllten zunächst die Gedanken der Kinder: Daher wurde gleich mit großer Lebhaftigkeit, meistens im Chor, die eben erlebte Geschichte erzählt, wie der Chäppi das Wiseli behandelt hat, wie es fror und im Schnee stand und keinen Schlitten hatte und endlich doch noch zu zwei Fahrten kam. »So ist's recht, Otto«, sagte der Papa. »Du mußt deinem Namen Ehre machen, für die Wehrlosen und Verfolgten mußt du immer ein Ritter sein. Wer ist das Wiseli?« – »Du wirst das Kind und seine Mutter kaum kennen«, sagte die Mama, zu dem Manne gewandt, »aber Max kennt Wiselis Mutter recht gut. Du kannst dich doch noch auf den mageren Leineweber besinnen, Max, der unser Nachbar war? Er hatte ein einziges Kind mit großen braunen Augen, das oft bei uns im Pfarrhaus war und so schön singen konnte. Erinnerst du dich ihrer wieder?«

»Was war denn das für ein Kind, Marie?« fragte der Bruder. »Das möchte ich aber gern wissen.« – »Und ich auch«, sagte der Oberst und zündete zu der Erzählung vergnügt eine neue Zigarre an.

»Aber, Mann«, bemerkte die Frau Oberst, »dir habe ich davon doch schon sechsmal erzählt.« – »So?« entgegnete ruhig der Oberst, »es gefällt mir, wie es scheint.« – »So fang an!« ermunterte der Onkel. »Du mußt dich noch jenes Kindes erinnern können, Max«, begann seine Schwester, »das ganz in unserer Nähe wohnte. Es gehörte dem bleichen, mageren Leineweber, den wir immerfort sein Weberschifflein hin und her werfen hörten, wenn wir in unserem Garten standen. Das Kind sah zart und nett aus und hatte große, lustig glänzende Augen und so schöne braune Haare. Es hieß Aloise.« – »In meinem Leben habe ich keine Aloise gekannt«, warf Onkel Max ein. »Oh, ich weiß schon warum«, fuhr seine Schwester fort, »wir nannten sie auch nie so, besonders du nicht. Wisi nannten wir sie, zum Schrecken unserer seligen Mama. Weißt du denn nicht mehr, wie oft du selbst sagtest, wenn wir am Klavier mit Mama Lieder singen wollten und es so leise klang: ›Man muß das Wisi holen, sonst geht's nicht?‹« Jetzt stieg die Erinnerung mit einem Male in Onkel Maxens Gedächtnis auf. Er lachte hell heraus und rief: »Oh, das ist's, das Wisi, ja natürlich, das Wisi kenn' ich gut. Ich seh' es deutlich vor Augen mit dem lustigen Gesicht, wie es am Klavier stand und so tapfer drauflossang. Ich mochte es gern, das Wisi, es war auch nett anzusehen. Das ist ja wahr: die gute Mutter bekam immer einen Schreckensanfall, wenn ich ›Wisi‹ sagte. Ich habe aber nie gewußt, wie das Wisi richtig hieß.«

»Natürlich hast du das«, bemerkte die Schwester, »denn jedesmal sagte die Mama, es sei eine Barbarei, aus dem schönen Namen Aloise ein Wisi zu machen.« – »Das habe ich wohl jedesmal überhört«, meinte Onkel Max, »aber wo ist denn das Wisi hingekommen?«

»Du weißt, es war in der Schule in derselben Klasse mit mir. Wir sind miteinander von Klasse zu Klasse gestiegen bis hinauf zur sechsten. Ich kann mich ganz gut erinnern, wie alle diese Jahre durch der Andres als treuester Freund und Beschützer dem Wisi in Freud und Leid zur Seite stand. Es konnte den Freund gut brauchen. Meistens, wenn es zur Schule kam und die Tafel mit Rechenaufgaben bedeckt bringen sollte, wie wir anderen auch, stand da nicht eine Zahl darauf. Es legte sie aber mit dem lustigsten Gesicht auf die Schulbank hin, und im nächsten Augenblick stand alles darauf, was darauf stehen sollte, denn der Andres hatte schnell die Tafel genommen und die Rechenaufgaben darauf gesetzt, öfters geschah's auch, daß Wisi in seiner raschen Weise mit den Ellbogen eine Scheibe in der Schulstube eingeschlagen hatte, oder es hatte im Garten an des Schulmeisters Pflaumenbaum geschüttelt. Wenn dann über diese Untaten Gericht gehalten wurde, blieb regelmäßig alles auf dem Andres sitzen. Nicht daß er von jemandem angeklagt wurde, sondern er selbst sagte gleich halblaut: Er glaube, er habe die Scheibe zerdrückt, und er glaube auch, er habe einmal an dem Pflaumenbaum gerüttelt, und so bekam er die Strafe. Wir Kinder wußten immer sehr gut, wie es war, doch wir ließen es so sein. Wir waren so daran gewöhnt, daß es so sei, und dann hatten wir alle das lustige Wisi so gern, daß wir's ihm immer gönnten, wenn es ungestraft davonkam. Und Äpfel, Birnen und Nüsse hatte Wisi immer alle Taschen voll, die kamen alle vom Andres, denn was er hatte und bekommen konnte, steckte er alles dem Wisi in die Schultasche. Ich dachte manchmal darüber nach, wie es sein könne, daß der so stille Andres gerade das allerlustigste und aufgeweckteste Kind der ganzen Schule am liebsten habe. Dann dachte ich darüber nach, ob es nun auch gerade den stillen Andres besonders gern habe. Es war wohl immer freundlich zu ihm, aber so war es auch

zu den anderen, und als ich einmal ernstlich unsere Mama darüber
fragte, wie das wohl sei, da schüttelte sie ein wenig den Kopf und
sagte: ›Ich fürchte, ich fürchte, diese artige Aloise ist ein wenig
leichtsinnig und kann noch in eine schwere Schule kommen.‹
Diese Worte gaben mir viel zu denken und kamen mir immer
wieder in den Sinn. Als wir dann zusammen in den Religionsunter-
richt gingen, kam Wisi regelmäßig am Sonntagabend zu uns herüber, und wir sangen zusammen am Klavier Choräle. Daran hatte
es damals sehr große Freude und konnte alle die schönen Lieder
auswendig und sang sie mit heller Stimme. Wir hatten an den
Abenden auch recht unsere Freude, Mama und ich, und auch
darüber, daß Wisi so gern in den Unterricht ging und ihn sich
wirklich zu Herzen nahm. Es war nun ein großes Mädchen geworden und sah recht gut aus. Seine lustigen Augen hatte es noch,
und wenn es auch nie so kräftig aussah wie die Bauernmädchen
im Dorf, so hatte es doch eine so blühende Farbe damals und war
netter als sie alle. Damals war der Andres noch als Lehrjunge in
der Stadt, er kam aber immer über Sonntag hin. Dann kam er auch
jedesmal zu uns ins Pfarrhaus, um einen Besuch zu machen. Am
liebsten sprach er mit mir von den vergangenen Tagen der Schule,
und dann kamen wir immer bald auf das Wisi zu sprechen. Das
kam so im Zusammenhang, und schließlich redeten wir nur noch
von ihm. Dem Andres ging ganz das Herz und der Mund auf bei
diesen Erinnerungen, und während alle Welt längst das Wisi nie
anders als so genannt hatte, nannte er es immer das »Wiseli«, und
das klang dann so seltsam zärtlich. Da kam denn auch ein Sonntag
– wir waren noch nicht achtzehn Jahre alt, Wisi und ich – als es
gegen Abend bei uns eintrat und ganz rosig aussah, und als wir
nun zusammensaßen – Mama war auch mit uns – da sagte denn
Wisi, es sei gekommen, uns mitzuteilen, daß es sich mit dem jungen
Fabrikarbeiter verlobt habe, der seit kurzer Zeit im Dorf wohnte.
Sie könnten gleich heiraten, weil er unten in der Fabrik eine gute

Anstellung habe, und so hätten sie denn schon alles festgesetzt, daß sie schon in zwölf Tagen heiraten könnten. Ich war so erstaunt, und die Sache kam mir so traurig vor, daß ich kein Wort sagen konnte. Eine Zeitlang sagte die Mutter auch nichts, sie sah sehr bekümmert aus. Dann aber sprach sie ernstlich mit dem Wisi und stellte ihm vor, wie leichtsinnig es sei, daß es sich so schnell mit dem Fabrikarbeiter eingelassen habe. Es kenne ihn ja kaum, und da sei doch ein anderer, der ihm jahrelang nachgegangen sei und ihm gezeigt habe, wie lieb er es habe. Zuletzt fragte sie es eindringlich, ob denn nicht alles noch rückgängig gemacht oder doch wenigstens hinausgeschoben werden könnte, und es noch bei seinem Vater bleiben wollte, es sei ja noch so jung. Da fing es denn an zu weinen und sagte, es habe ja ganz bestimmt sein Wort gegeben, und alles sei nun eingerichtet, und dem Vater sei's recht. Nun sagte die Mutter nichts mehr, aber das Wisi weinte sehr. Sie zog es zum Klavier hin, an den Platz, wo es immer stand, wenn wir zusammen sangen, und sagte in freundlichem Ton zu ihm: ›Trockne nun deine Tränen, wir wollen noch einmal zusammen singen‹; dann schlug sie uns das Lied auf, das wir immer zusammen sangen:

Befiehl du deine Wege
Und was dein Herze kränkt,
Der aller treusten Pflege
Des, der den Himmel lenkt.

Der Wolken, Luft und Winden
Gibt Wege, Lauf und Bahn,
Der wird auch Wege finden,
Da dein Fuß gehen kann.

Wisi ging wieder ziemlich getröstet von uns, die Mutter hatte ihm noch einige freundliche Worte gesagt. Mich hatte die Sache aber recht traurig gemacht, ich hatte ein bestimmtes Gefühl, daß das arme Wisi seine frohen Tage nun hinter sich hatte, und dann dauerte mich der Andres unsäglich. Was würde der sagen? Er sagte aber nie etwas, gar kein Wort, aber ein paar Jahre lang ging er wie ein Schatten herum und war noch stiller als vorher geworden. Ich habe auch seither nie mehr sein still-fröhliches Gesicht gesehen, wie er es damals doch oft haben konnte.«

»Der arme Kerl!« rief Onkel Max aus, »hat er denn keine andere Frau genommen?« – »Ach nein, Max«, entgegnete seine Schwester ein wenig strafend, »wie konnte er denn, wie kannst du so etwas sagen, er ist ja die Treue selbst.« – »Das konnte ich freilich nicht wissen, liebe Schwester«, erwiderte der Bruder begütigend. »Ich konnte doch nicht voraussehen, daß dein vielseitig begabter Freund nun auch noch die Treue in sich trägt. Aber das Wisi, erzähl weiter von dem, ich hoffe wirklich, das lustige Wisi ist nicht unglücklich geworden, es würde mir sehr leid tun.« – »Ich merke schon, Max«, sagte die Schwester, »daß du es heimlich mit dem Wisi hältst und kein Mitleid mit dem treuen Andreas hast, dem es doch fast das Herz gebrochen hat, daß das Wisi für ihn verloren war.« – »Doch, doch«, versicherte der Onkel. »Ich habe ja alle Teilnahme für den Ehrenmann. Aber weiter, wie ging's mit dem Wisi, es hat doch seine lustigen Augen nicht verweint?« – »Doch, ich glaube, manchmal wohl«, fuhr die Schwester fort. »Ich habe es nicht mehr oft gesehen, es hatte gleich viel zu tun. Ich glaube, der Mann war nicht gerade böse, doch er hatte etwas Rohes, er konnte so grob und unfreundlich sein, auch mit seinen kleinen Kindern. Wisi hatte bestimmt wenig Freude. Es hatte mehrere nette Kinder, aber sie waren alle sehr zart, daher verlor sie wieder eins nach dem anderen. Fünf hatte es begraben müssen, nur ein einziges ist ihm geblieben, ein feines, zartes Geschöpfchen, ein kleines Wiseli, es ist nicht viel größer als unser Miezchen und ist doch gut drei Jahre älter. Wisis Gesundheit hatte durch das alles so gelitten, daß man deutlich sehen konnte, was kommen würde, und nun ist es soweit, eine schnelle Auszehrung rafft ihr Leben hin. Ich fürchte, es ist gar keine Hoffnung mehr.« – »Nein«, rief Onkel Max erschrocken aus, »das kann doch nicht sein, ist 's wirklich so? Kann man da nichts machen, Marie? Wir wollen doch gleich nachsehen, vielleicht ist noch zu helfen.« – »Ach nein, da ist nicht mehr zu helfen«, sagte die Schwester traurig; »da war überhaupt nicht mehr zu helfen. Wisi war für all die Arbeit und Anstrengung viel zu zart.« – »Und was macht nun der Mann?« fragte Onkel Max. »Ach, den habe ich ja ganz vergessen, das mußte das kranke Wisi auch noch durchmachen. Es wird nun bald ein Jahr sein, da wurde ihm in der Fabrik der eine Arm und das Bein so zerschlagen, daß man ihn halbtot nach Hause brachte. Er wurde dann sehr elend, arbeiten konnte er gar nichts mehr, und er muß kein besonders geduldiger Kranker gewesen sein. Wisi hatte ihn nun noch zu allem anderen zu pflegen, er starb dann ungefähr ein halbes Jahr nach dem Unfall. Seither lebt Wisi allein mit dem Kinde.« – »Und so blieb denn von allem gar nichts mehr übrig als ein kleines Wiseli? Was macht man damit? Aber nein, so traurig wird's doch nicht kommen müssen. Wisi kann doch noch gesund werden und alles noch so kommen, wie es von Anfang an hätte sein sollen.« – »Nein, nein, dazu ist es zu spät«, entgegnete die Schwester sehr bestimmt. »Das arme Wisi hat seinen Leichtsinn schwer büßen müssen. Aber auch hier ist es spät geworden« – und fast erschrocken stand sie auf, denn über dem Gespräch war die Mitternachtsstunde vorübergegangen, und seit einer Zeit schon war der Oberst ganz stille geworden. Er hatte sich in seinen Lehnstuhl zurückgelegt und war fest eingeschlafen. Onkel Max war zwar nicht müde, denn bei der Erzählung von dem armen Wisi waren ihm alle Jugenderinnerungen so lebendig aufgestiegen, daß er noch eine Menge von Dingen und Persönlichkeiten hören wollte. Seine Schwester aber war unerbittlich, sie hielt die Lichter in der Hand und drängte zum Aufbruch. So half denn nichts. Um aber nicht allein die unwillkommene Störung zu tragen, weckte er seinen Schwager mit einem so gewaltigen Ruck an seinem Stuhl, daß der Oberst voller Schrecken emporschoß, als sei eine feindliche Bombe auf ihn gefallen. Aber sein Schwager klopfte ihm friedlich auf die Schulter und sagte: »Es war nur eine leise Mahnung von Seiten deiner Frau, daß wir uns zurückziehen möchten.« Der Rückzug wurde dann vollzogen, und bald lag das Haus auf der Höhe ganz still im Mondschein da, und unten am Berg stand eins, da sollte es auch bald stille werden. Jetzt brannte noch ein schwaches Lämpchen drinnen und warf seinen matten Schimmer durch das schmale Schiebefenster in die monderhellte Nacht hinaus.

Auch noch daheim

Um die gleiche Zeit, da die Kinder des Obersten ihrem Hause zugingen, rannte das kleine Wiseli aus allen Kräften den Berg hinunter, denn es wußte, daß es länger fortgeblieben war, als die Mutter erwartete, und das machte es sonst nicht. Aber heute war sein Glück so groß gewesen, daß es einen Augenblick das Heimgehen vergessen hatte. Jetzt lief es um so schneller drauf zu und hätte fast einen Mann umgerannt, der eben aus der Tür des Häuschens trat, als es hineinstürmen wollte. Er ging ihm aber ganz leise aus dem Weg, und das Wiseli sprang in die Stube hinein und auf die Mutter zu, die auf einem kleinen Stuhl am Fenster saß und zu Wiselis Erstaunen noch kein Licht angezündet hatte. »Mutter, bist du böse, weil ich so spät komme?« rief es, indem es sie mit beiden Armen um den Hals faßte. »Nein, nein, Wiseli«, antwortete sie freundlich, »aber ich bin froh, daß du da bist.« Jetzt fing das Wiseli an, der Mutter von seinem großen Erlebnis zu erzählen, wie gut der Otto zu ihm gewesen und wie es zweimal mit dem allerschönsten

Schlitten hatte den Berg hinunterfahren können. Als es dann mit seiner Erzählung fertig war und die Mutter noch so still dasaß, fiel ihm erst ein, daß sie das sonst nicht tat, und es fragte verwundert: »Aber warum hast du noch kein Licht, Mutter?«

»Ich bin so müde heute abend, Wiseli«, antwortete sie. »Ich konnte nicht aufstehen und Licht machen. Hol das Lämpchen herein und bring mir einen Schluck Wasser mit, ich habe so großen Durst.« Wiseli lief in die Küche und kam bald zurück, in der einen Hand das Licht und in der anderen eine Flasche mit einem roten Saft, der so hell und einladend schimmerte, daß die durstende Kranke erfreut ausrief: »Was bringst du mir Schönes, Wiseli?« – »Ich weiß nicht«, sagte das Kind, »es stand auf dem Küchentisch, sieh, wie es funkelt.« Die Mutter nahm die Flasche in die Hand und roch daran. »Oh«, sagte sie, begierig wieder riechend, »es ist wie frische Himbeeren aus dem Wald, gib mir schnell ein wenig Wasser dazu, Wiseli.« Das Kind goß von dem roten Saft in ein Glas und füllte es mit Wasser, und mit durstigen Zügen trank die Mutter den erquickenden Beerensaft hinunter. »Oh, wie das erfrischt!« sagte sie und gab das leere Glas dem Kind. »Stell es weg, Wiseli, doch nicht weit. Mir ist, ich könnte alles austrinken, so durstig bin ich. Wer hat mir nur diese große Erfrischung gebracht? Gewiß die Trine, es kommt von der Frau Oberst.« – »War denn die Trine bei dir in der Stube?« fragte das Kind. Die Mutter verneinte dies. »Dann ist es nicht die Trine, das weiß ich«, sagte das Wiseli bestimmt. »Sie geht jedesmal in die Stube, wenn sie etwas bringt. Aber der Schreiner Andres war ja bei dir, hat er dies nicht mitgebracht?« – »Ach was, Wiseli«, fiel die Mutter lebhaft ein, »was sagst du denn, der Schreiner Andres war nie bei mir, was fällt dir ein?« – »Er war sicher, sicher, ganz bestimmt hier drinnen«, beteuerte Wiseli. »Gerade als ich hereinkam, trat er so schnell aus der Tür, daß ich fast gegen ihn rannte. Hast du denn nichts gehört?« Die Mutter war eine Zeitlang still, dann sagte sie: »Ich habe schon gehört, daß jemand leise die Küchentür aufmachte, erst dachte ich, du seist's, und – es ist wahr, erst danach hörte ich dich hereinrennen. Weißt du bestimmt, Wiseli, daß es der Schreiner Andres war, der zu unserer Tür herauskam?« Wiseli war seiner Sache so sicher und konnte so genau der Mutter sagen, wie der Rock und die Kappe vom Schreiner Andres aussahen und wie er erschrocken war, als es ihn so mit einem Male anrannte, daß die Mutter auch davon überzeugt wurde. Sie sagte für sich: »Dann war es der Andres, er hat es ausgedacht, was mir guttun könnte.« – »Jetzt fällt mir auch etwas ein, Mutter!« rief auf einmal das Wiseli sehr erregt aus. »Jetzt weiß ich genau, wer einmal den großen Topf Honig in die Küche gestellt hat, von dem du so gern aßest, und vor ein paar Tagen die Apfelkuchen. Weißt du, Mutter, du wolltest durch die Trine danken lassen, als sie dir etwas Gekochtes brachte, und sie sagte, sie wisse von alledem gar nichts. Das hat sicher alles der Schreiner Andres heimlich in die Küche gestellt.«

»Das glaube ich auch«, sagte die Mutter und wischte sich die Augen. »Das ist doch nichts Trauriges«, sagte Wiseli ein wenig erschrocken, als sie die Mutter immer wieder die Augen wischen sah.

»Du mußt ihm einmal danken, Wiseli, ich kann es nicht mehr. Sag es ihm einmal, ich lass' ihm danken für alles Gute, er hat es so gut mit mir gemeint. Komm, setz dich ein wenig zu mir heran«, fuhr sie leise fort. »Gib mir auch noch einmal zu trinken, und dann komm und sag mir das Verslein, das ich dich gelehrt habe.«

Wiseli holte noch einmal Wasser und goß von dem frischen Saft hinein, und die Mutter trank noch einmal begierig davon. Dann legte sie müde ihren Kopf auf das niedere Fensterbrett und winkte das Wiseli zu sich. Es fand aber, da liege die Mutter zu hart, holte ein Kissen aus ihrem Bett herbei und legte es sorgfältig unter den Kopf. Nun setzte es sich dicht neben sie auf den Schemel und hielt ihre Hand fest in der seinigen, und wie sie gewünscht hatte, sagte es nun andächtig sein Verslein her:

»Befiehl du deine Wege
Und was dein Herze kränkt,
Der allertreusten Pflege
Des, der den Himmel lenkt.

Der Wolken, Luft und Winden
Gibt Wege, Lauf und Bahn,
Der wird auch Wege finden,
Da dein Fuß gehen kann.«

Als Wiseli zu Ende war, sah es, daß die Mutter am Einschlafen war, sie sagte nur noch mit leisem Ton: »Denk daran, Wiseli! Und wenn du einmal keinen Weg mehr vor dir siehst und es dir ganz schwer wird, dann denk in deinem Herzen:

›Er wird auch Wege finden,
Da dein Fuß gehen kann‹.«

Nun legte sich die Mutter müde hin und schlief, und Wiseli wollte sie nicht wecken. Es legte sich mäuschenstill an sie heran, und bald schlief es auch ganz fest. So brannte die kleine, matte Lampe in dem stillen Stübchen fort, immer matter, bis sie von selbst erlosch und das Häuschen dunkel auf dem hellen Mondscheinplatz dastand.

Als am nächsten Morgen die Nachbarin um das Haus herum zum Brunnen ging, schaute sie durch das niedere Fenster in das Stübchen hinein, wie sie es immer im Vorbeimarsch tat. Da sah sie, wie Wiselis Mutter auf dem Kissen schlief und wie das Kind daneben stand und weinte. Das kam ihr so sonderbar vor, daß sie nachsehen mußte, was da geschehen sei. Sie machte ein wenig die Tür auf und sagte: »Was hast du, Wiseli? Ist die Mutter kränker?« Wiseli schluchzte zum Erbarmen und stöhnte hervor: »Ich weiß nicht, was die Mutter hat.«

Das arme Kind ahnte wohl, was mit der Mutter war, aber es konnte ja nicht begreifen, daß es sie verloren hatte. Sie war ja noch da, aber sie war entschlafen für das ganze Erdenleben, sie hörte nicht mehr, daß ihr Wiseli sie rief. Die Nachbarin ging zu dem Kissen am Fenster und schaute die schlafende Frau an. Dann trat sie erschrocken zurück und sagte: »Geh schnell, Wiseli, lauf und hole deinen Vetter-Götti, er soll sofort herkommen, du hast ja sonst niemanden, und es muß jemand da sein. Lauf schnell, ich will warten, bis du wiederkommst.« Das Kind lief davon, doch es konnte nicht lange so weiterlaufen, sein Herz war so schwer und seine Glieder zitterten so sehr, daß sich Wiseli auf einmal mitten auf dem Wege hinsetzen und laut weinen mußte. Jetzt wurde es ihm in seinem Herzen immer deutlicher, daß die Mutter nicht mehr erwachen werde. Es stand dann wieder auf und lief weiter, doch zu weinen konnte es nicht mehr aufhören, denn in seinem Herzen wurde der Jammer immer größer. Am Buchenrain, wohl eine Viertelstunde von der Kirche weg, stand das Haus von dem Vetter-Götti, wo Wiseli jetzt eben ankam und weinend in die Tür trat. Die Base stand in der Küche und fragte kurz: »Was ist mit dir?« Wiseli sagte halblaut zwischen dem Schluchzen, die Nachbarin habe es geschickt, damit der Vetter-Götti schnell zur Mutter komme. Die Base sah das Kind an, sie mochte denken, es sei mit der Mutter schlimm, denn weniger barsch, als sie sonst redete, sagte sie: »Ich will es ihm sagen, geh nur wieder heim, er ist jetzt nicht da.« Da drehte Wiseli wieder um und kam schneller zurück, als es vorwärts gekommen war, denn es ging ja noch zur Mutter. Die Nachbarin stand vor der Tür, drinnen hatte sie nicht warten wollen, es war ihr zu unheimlich. Aber das Wiseli schlich hinein und setzte sich ganz nahe zur Mutter, so wie es die Nacht durch neben ihr gesessen hatte. Da saß es sehr still und weinte, und von Zeit zu Zeit sagte es halblaut: »Mutter!« Sie gab keine Antwort mehr. Da sagte Wiseli, sich zu ihr hinbeugend: »Gelt, Mutter, du hörst mich wohl, auch wenn du jetzt schon im Himmel bist und ich dich nicht mehr hören kann.« So saß das Wiseli noch neben seiner Mutter und hielt sie fest, als schon die Mittagszeit vorüber war. Da kam der Vetter-Götti in das Stübchen, schaute sich ein wenig darin um und rief dann die Nachbarin herein. »Ihr müßt die Frau hier zurechtmachen, Ihr wißt schon, wie ich meine«, sagte er, »so daß alles zum Wegholen fertig ist. Dann nehmt den Schlüssel zu Euch, damit da nichts wegkommt.« Darauf wandte er sich zu Wiseli und sagte: »Wo sind deine Kleider, Kleines? Such sie zusammen und pack sie in ein Bündelchen, dann gehen wir.« – »Wohin gehen wir denn?« fragte Wiseli zaghaft. »Heim gehen wir«, war die Antwort, »an den Buchenrain, da kannst du bei uns sein, du hast niemanden mehr, auf der Welt als deinen Vetter-Götti.« Das Wiseli befiel ein lähmender Schrecken – nach dem Buchenrain sollte es gehen und da daheim sein. Es hatte von jeher eine große Furcht vor der Base gehabt und jedesmal eine Zeitlang vor der Tür gewartet, wenn es dem Vetter-Götti etwas hatte ausrichten müssen, vor lauter Angst, die Base fahre es an. Dann war der älteste Sohn im Hause, der gewalttätige Chäppi, und dann kamen noch der Hans und der Rudi, die warfen allen Kindern Steine nach. Bei denen sollte es nun daheim sein.

Das Wiseli stand bleich und unbeweglich vor Schrecken da. »Du brauchst dich nicht zu fürchten, Kleines«, sagte der Vetter-Götti freundlich. »Es sind wohl mehr Leute bei uns im Hause als hier, aber das ist um so lustiger für dich.« Wiseli legte still seine Sachen in ein Tuch zusammen und knüpfte je zwei Zipfel davon kreuzweis ineinander. Dann band es sein Tüchlein um den Kopf und stand fertig da.

»So«, sagte der Vetter, »nun gehen wir«, und schritt der Tür zu. Auf einmal schluchzte Wiseli laut auf: »Dann muß ja die Mutter ganz allein sein.«

Es war wieder zu ihr hingelaufen und hielt sie fest.

Der Vetter-Götti stand ein wenig verblüfft da. Er wußte nicht recht, wie er dem Kinde erklären sollte, wie es mit seiner Mutter sei. Wenn es das nicht von selbst begriff, erklären war nicht seine Sache, das hatte er nie probiert. Er sagte also: »Komm jetzt, komm! Ein Kleines, wie du eins bist, muß folgen. Komm und mach nur kein Geschrei, das hilft gar nichts.« Wiseli würgte sein Schluchzen hinunter und folgte dem Vetter-Götti lautlos durch die Tür nach. Nur noch einmal sah es zurück und sagte leise: »Behüt dich Gott, Mutter!« Dann wanderte es mit seinem Bündelchen am Arm aus dem kleinen Hause, wo es daheim gewesen war. Eben als die beiden miteinander querfeldein gingen, kam von oben die Trine gegangen, einen gedeckten Korb am Arm. Noch stand die Nachbarin vor der Tür und schaute dem Vetter-Götti und dem Kinde nach. Die Trine trat auf sie zu und sagte: »Heute bring' ich der kranken Frau was Ordentliches, aber ein wenig spät. Wir haben den Onkel zum Besuch, da wird es immer spät.« – »Und wenn Ihr auch früh am Morgen gekommen wäret, so wäret Ihr zu spät gekommen heut, sie ist in der Nacht gestorben.« – »Es wird doch nicht wahr sein«, rief die Trine erschrocken aus. »Ach, du mein Trost, was wird meine Frau sagen.« Damit kehrte die Trine um und lief schnell ihren Weg zurück.

Die Nachbarin trat in das stille Stüblein ein und machte Wiselis Mutter so zurecht, wie sie in ihrem letzten Bettlein liegen mußte.

Beim Vetter-Götti

Als das Wiseli hinter dem Vetter-Götti in das Haus am Buchenrain trat, da kamen die drei Buben aus der Scheune gestürzt und liefen hinter der Ankommenden her in die Stube herein und stellten sich mittendrin auf. Alle drei sperrten die Augen auf und sahen das Wiseli an, das ganz schüchtern dastand. Aus der Küche kam die

Base herein und schaute das Wiseli ebenfalls an, als ob sie es noch nie gesehen hätte.

Der Vetter-Götti setzte sich hinter den Tisch und sagte: »Ich meine, man könnte etwas essen. Das Kleine hat, denk' ich, heut noch wenig gehabt. Komm, leg ab«, sagte er, zu Wiseli gewandt, das immer noch auf demselben Platz stand, sein Bündelchen in der Hand. Es gehorchte. Jetzt holte die Base Most und Käse und legte das große Schwarzbrot auf den Tisch. Der Vetter-Götti schnitt ein tüchtiges Stück ab und legte einen Brocken Käse darauf, dann schob er es vor das Kind hin: »Da, iß, Kleines, wirst wohl Hunger haben.«

»Nein, ich danke«, sagte Wiseli leise. Es hätte kein Stück Brot herunterschlucken können, denn Leid und Angst und Weh schnürten ihm den Hals so zusammen, daß es kaum atmen konnte. Die Buben standen noch immer da und starrten es an. »Mußt dich nicht fürchten«, sagte der Vetter-Götti ermunternd, »iß nur zu.« Doch das Wiseli saß unbeweglich und berührte sein Brot nicht. Die Base war bis jetzt auch geblieben und hatte das Kind von oben bis unten angeschaut, beide Arme in die Seite gestemmt. »Wenn's dir nicht recht ist, so kannst du's bleibenlassen«, sagte sie nun, drehte sich um und ging wieder in die Küche.

Als der Vetter-Götti genug gegessen hatte, stand er auf und sagte: »Nimm's in die Tasche. Nachher kommt's schon, daß du essen magst, mußt dich nur nicht fürchten.« Damit ging er auch in die Küche hinaus. Wiseli wollte gehorchen und die beiden Stücke in die Tasche stecken, aber diese war viel zu klein, und es legte wieder alles auf den Tisch.

»Ich will dir schon helfen«, sagte Chäppi, schnappte die Stücke vom Tisch weg und wollte sie zu dem offenen Mund führen. Sie fuhren aber in die Luft hinauf, denn der Hans hatte von unten herauf Chäppis Hand einen tüchtigen Puff gegeben, damit ihr die Beute entfalle und er sie erwische. Im selben Augenblick aber huschte der Rudi schnell auf den Boden und nahm den Fang weg. Jetzt stürzten die beiden Größeren auf ihn, und einer fiel über den anderen. Nun ging es an ein Schlagen und Raufen, Lärmen und Heulen, daß es dem Wiseli angst und bange wurde. Jetzt machte der Vater die Küchentür wieder auf und rief in die Stube hinein: »Was ist das?« Da riefen die drei Buben am Boden alle durcheinander, und es klang immer wieder durch: »Das Wiseli wollte nicht«, »das Wiseli hatte keinen –« und »weil das Wiseli keins wollte.« Da rief der Vater noch lauter: »Wenn das nicht aufhört da drinnen, so werde ich mit dem Lederriemen kommen!« Dann schlug er die Tür wieder zu. Das »da drinnen« hörte jedoch noch nicht auf, sondern als die Tür wieder zu war, ging's erst recht los. Der Hans hatte herausgefunden, daß das wirksamste Mittel, den Feind zu erschrecken, sei, ihm in die Haare zu fahren, was die anderen sogleich auch begriffen. Daher standen sie nun alle drei, jeder mit beiden Händen an den Haaren eines anderen reißend und dazu ein fürchterliches Geschrei ausstoßend. In der Küche saß die Base auf einem Schemel und schälte Kartoffeln. Als ihr Mann die Stubentür wieder zugemacht hatte, sagte sie: »Was hast du mit dem Kind vor? Warum hast du es gleich mit heimgenommen?«

»Es wird, denk' ich, bei jemandem bleiben müssen. Ich bin der Vetter-Götti, und andere Verwandte hat es keine mehr. Und du kannst es ja auch brauchen. So etwas, wie du dort machst, kann es dann für dich machen. So kannst du etwas Besseres tun. Du sagst ja immer, die Buben geben dir mehr zu tun, als recht ist.«

»Ja deshalb«, warf die Base hin, »das wird eine schöne Hilfe sein. Du kannst ja hören, wie es drinnen zugeht in der ersten Viertelstunde schon, seit es da ist.«

»Das habe ich schon oft gehört, lang bevor das Kleine da war. Es hat wahrscheinlich nicht viel damit zu tun«, sagte der Vetter ruhig. »So«, entgegnete die Base eifrig, »hast du denn nicht gehört, daß sie alle miteinander etwas von dem Wiseli riefen?«

»Sie werden irgend etwas rufen müssen, das war nie anders«, meinte der Vetter. »Diesem Kleinen wirst du, denk' ich, wohl noch Meister werden. Es ist kein bösartiges, das habe ich schon gemerkt, es kann auch folgen, besser als die Buben.« Das war der Base fast zuviel. »Ich denke, es wäre nicht nötig, daß man jetzt schon gegen die Buben aufhetze«, sagte sie, die Häute immer schneller von den Kartoffeln abreißend, »und dann möchte ich nur wissen, wo das Kind schlafen soll.«

Der Vetter schob ein paarmal die Kappe auf seinem Kopf hin und her, dann sagte er ruhig: »Man kann nicht alles an einem Tage machen. Es wird wohl bis jetzt in einem Bett geschlafen haben, denk' ich, und das wird es wieder bekommen. Morgen will ich dann zum Pfarrer gehen. Heut kann es auf der Ofenbank schlafen, da ist's ja warm. Dann kann man einen Verschlag machen, wo es in unsere Kammer hineingeht. Da kann man sein Bett hineinschieben.«

»Ich habe mein Lebtag nie gehört, daß man zuerst das Kind bringt und dann acht Tage danach das Bett, das dazugehört«, warf die Base hin, »und dann möcht' ich auch wissen, wer das bezahlen wird, wenn man um des Kindes willen noch bauen soll.«

»Wenn uns die Gemeinde das Kleine zuerkennt, so muß sie auch etwas für den Unterhalt geben«, erklärte der Vetter. »Ich nehme es dann immer noch billiger an, als es ein anderer tun würde. Es ist ihm auch am wohlsten bei uns.«

Mit dieser Überzeugung ging der Vetter in den Stall hinaus und rief noch zurück, der Chäppi solle ihm nachkommen. Es war schwierig für die Base, sich drinnen in der Stube Gehör zu verschaffen, als sie den Auftrag ausrichten wollte. Da standen noch die drei im hitzigen Gefecht, vom lautesten Kriegsgeschrei begleitet. »Es wundert mich nur, daß du dem so zusiehst und kein Wort zum Frieden sagst«, warf die Base dem Wiseli hin, das sich scheu an die Wand drückte und sich kaum rühren durfte. Nun wurde der

Chäppi in den Stall geschickt, und die beiden anderen liefen ihm nach. »Kannst du stricken?« fragte die Base dann das Wiseli. Es sagte schüchtern: »Ja, Strümpfe kann ich stricken.« – »So nimm den«, sagte die Base und nahm aus dem Schrank einen großen braunen Strumpf heraus mit einem Garn fast so dick wie Wiselis Finger. »Du bist am Fuß, gib acht, daß er nicht zu kurz wird. Er ist für den Vetter-Götti.« Nun ging sie wieder in die Küche, und Wiseli setzte sich auf die Ofenbank und mußte den langen Strumpf auf seinem Schoß zusammenhalten. Der war so schwer, daß er ihm die Hände ganz herunterzog, wenn er hing, so daß es die Nadeln nicht führen konnte. Es hatte aber kaum richtig mit seiner Arbeit angefangen, als die Base wieder hereinkam. »Du kannst jetzt in die Küche herauskommen«, sagte sie. »Du kannst zusehen, wie ich alles mache, dann kannst du mir nach und nach ein wenig helfen.« Wiseli gehorchte und sah draußen der Base zu, soviel es konnte. Doch immer schossen ihm wieder die Tränen in die Augen, und dann sah es gar nichts mehr, denn es mußte denken, wie es war, wenn es so der Mutter in die Küche nachlief. Wie sie mit ihm redete und es immer wieder streichelte und es an ihr hing. Es fühlte aber wohl, daß es nicht weinen dürfe, und schluckte und schluckte, so daß es fast meinte, es werde erwürgt. Die Base sagte ein paarmal: »Gib acht! Dann kannst du's nachher.« Sie ließ es dann aber stehen und fuhr in der Küche herum. So ging es eine gute Zeit, dann hörte man ein schreckliches Gestampfe in dem Hausgang, und die Base sagte: »Mach schnell die Tür auf, sie kommen«, denn der Lärm kam vom Vetter und den Buben her, die draußen den Schnee von den Schuhen stampften. Wiseli machte die Tür zu der Stube auf, und die Base hob eine große Pfanne vom Feuer und lief damit schnell in die Stube hinein, wo sie den ganzen Haufen Kartoffeln auf den Schiefertafeltisch ausschüttete. Danach lief sie zurück und brachte eine große Schüssel voll saurer Milch herein und sagte: »Leg auf den Tisch, was in der Schublade liegt, dann können sie essen.« Wiseli zog schnell die Schublade auf. Da lagen fünf Löffel und fünf Messer, die legte es hin, und nun war der Abendtisch fertig. Der Vetter und die Buben waren hereingekommen und saßen gleich fest auf den Bänken am Tisch und an den Fenstern. Unten am Tisch stand ein Stuhl, darauf wies nun der Vetter-Götti und sagte: »Es kann dort sitzen, denk' ich, oder nicht?«

»Freilich«, sagte die Base, die auch einen Stuhl für sich auf der Seite der Küche bereit hatte. Sie saß aber nur eine Sekunde darauf still, dann lief sie wieder in die Küche, kam zurück und saß schnell wieder zu einem Löffel voll Milch nieder. Dann lief sie von neuem. Es wußte niemand, warum das sein mußte, denn das Kochen war ja schon zu Ende. Aber es war immer so, und wenn der Vetter einmal sagte: »Sitz doch und iß einmal«, so kam sie erst recht in die Eile und sagte, sie habe keine Zeit, so lang zu sitzen. Es müsse draußen jemand nachsehen. Als sie jetzt zum zweiten Male herein-geschossen kam und eilig eine Kartoffel schälte, fiel ihr Wiselis Untätigkeit auf, das neben ihr saß, die Hände in den Schoß gelegt. »Warum ißt du nicht?« fuhr sie es an. »Es hat keinen Löffel«, sagte Rudi, der auf der anderen Seite neben ihm saß und schon lange den Grund herausgefunden hatte, warum jemand an einem Tisch sitzen kann, ohne zu essen, solange noch etwas da ist. »Ach so«, sagte die Base. »Wem wäre es aber auch eingefallen, daß man auf einmal sechs Löffel haben muß. Ich brauche ja immer nur fünf, und ein Messer wird auch sein müssen. Warum kannst du aber auch nichts sagen? Du wirst doch wissen, daß man zum Essen einen Löffel braucht.« Diese Worte waren an das Wiseli gerichtet.

Es schaute die Base scheu an und sagte leise: »Es ist gleich, ich brauche keinen, ich habe keinen Hunger.« – »Warum nicht?« fragte die Base, »bist du anders gewöhnt? Ich habe nicht vor, für dich zu ändern.« – »Es ist, denk' ich, besser, man läßt das Kleine zuerst ein wenig laufen, man muß es nicht ängstlich machen«, sagte der Vetter-Götti beschwichtigend. »Es wird schon besser.«

Nun ließ man das Wiseli in Ruh', die anderen setzten ihre Tätigkeit noch eine gute Zeit lang fort. Das Kind saß unbeweglich dabei, bis endlich der Vater aufstand, noch einmal die Pelzkappe vom Nagel nahm und nach der Stallaterne suchte, denn der Fleck sei krank geworden, da mußte er noch einmal hinaus. Der Tisch war schnell wieder in Ordnung. Die Kartoffelschalen wurden mit den Händen in das leere Milchbecken heruntergewischt, dann die Schiefertafel abgewaschen, und als die Base damit zu Ende war, sagte sie zu Wiseli: »Du hast gesehen, wie ich's mache, das kannst du von nun an tun.« Jetzt setzte sich Chäppi wieder an den Tisch. Er hatte seinen Griffel und sein Rechenbuch geholt und machte Anstalten, seine Rechenaufgaben vor sich auf den Tisch zu schreiben. Erst starrte er aber eine Weile auf das Wiseli hin, das seinen braunen Strumpf wieder vorgenommen hatte, doch sehr hilflos dasaß, denn es konnte in seinem Winkel keine Masche sehen, und sich an den Tisch zu setzen, auf dem die trübe Öllampe stand, wagte es nicht.

»Du kannst auch etwas tun«, rief auf einmal Chäppi erbost zu ihm hinüber, »du bist nicht die Geschickteste in der Schule.« Wiseli wußte nicht, was es sagen sollte, es war ja heute gar nicht in der Schule gewesen, und es wußte nicht, was zu tun war. Es war ja überhaupt ganz aus aller Ordnung und Fassung. »Wenn ich rechnen muß, so mußt du es auch, oder ich tu' es auch nicht«, rief der Chäppi wieder. Wiseli hielt sich mäuschenstill. »So, dann ist's gut«, fuhr der Chäppi lärmend fort, »jetzt tu' ich keinen Strich mehr an der Arbeit.« Damit warf er seinen Griffel weg. »So, so, dann mach' ich auch nichts«, rief der Hans und steckte ganz erleichtert sein Einmaleins wieder in die Schultasche, denn das Lernen war ihm das Bitterste, das er kannte. »Ich will es dem Lehrer sagen, wer an allem schuld ist«, fing Chäppi wieder an, »du kannst dann sehen, wie es dir geht.« So hätte Chäppi wohl noch eine Zeitlang seinem bösen Wesen Luft gemacht, wenn nicht der Vater schon aus dem Stall zurückgekommen wäre. Er trug zwei große, leere

Futtersäcke auf der Achsel herein und kam damit auf den Tisch zu. »Mach Platz«, sagte er zu Chäppi, der beide Ellbogen auf den Tisch gestemmt hielt und den Kopf darauf. Dann breitete er die Säcke aus, faltete sie zusammen, noch einmal und noch einmal. Dann ging er zur Ofenbank und legte das Paket darauf hin. »So«, sagte er befriedigt, »das ist gut! Und wo hast du dein Bündelchen, Kleines?« Wiseli holte es aus einer Ecke hervor, wo es bis jetzt gelegen hatte, und schaute voller Erstaunen zu, wie der Vetter-Götti das Bündelchen am oberen Ende des Pakets auf die Ofenbank drückte, damit es nicht so ganz kugelrund bleibe.

»So, da kannst du schlafen«, sagte er nun, sich zu Wiseli umkehrend. »Zu frieren brauchst du nicht, der Ofen ist heiß, und auf das Bündelchen kannst du den Kopf legen, so liegst du wie im Bett. Und mit euch dreien ist's auch Zeit fürs Bett, los!« Damit nahm er die Öllampe vom Tisch und ging der Küche zu, die drei Buben stampften hinter ihm her. An der Tür drehte er sich noch einmal um und sagte: »So schlaf wohl. Mußt nicht heut mehr nachsinnen, denn es wird später schon besser.« Dann ging er hinaus. Nun kam die Base noch einmal herein mit einem Öllämpchen in der Hand und beschaute sich das Lager. »Kannst du da liegen?« fragte sie. »Du hast es hier am Ofen ja warm, mancher hat kein Bett und muß dazu noch frieren. Es kann dir auch mal so gehen, sei nur froh, daß du einstweilen unter einem guten Dach bist. Gute Nacht!« – »Gute Nacht!« sagte Wiseli leise zurück. Die Base hatte es freilich nicht gehört, denn sie war schon halb draußen, als sie gute Nacht wünschte, und hatte die Tür gleich hinter sich zugemacht. Jetzt saß Wiseli in der dunklen Stube, alles war auf einmal sehr still ringsum, es hörte keinen Ton mehr. Der Mond schien ein wenig durch das eine Fenster herein, so daß Wiseli wieder erkennen konnte, wo die Ofenbank war, auf der es schlafen sollte. Es ging nun gleich dahin und setzte sich auf sein Lager. Zum ersten Male heute, seit es die Mutter verlassen hatte, war es nun allein und konnte sich besinnen, was mit ihm war. Die ganze Zeit bis jetzt war es in einer steten Spannung gewesen, denn alles hatte ihm Angst und Furcht eingeflößt, was es gesehen und gehört hatte, seit es von der Mutter weg war. Es hatte noch gar nicht weiter gedacht und sich nur von einem Augenblick zum anderen gefürchtet. Nun saß es da, zum ersten Male in seinem Leben ohne die Mutter. Klar und deutlich kam ihm nun der Gedanke, daß es sie nie mehr sehen werde, daß es nie mehr mit ihr reden und sie hören könnte. Jetzt kam auf einmal ein solches Gefühl der Verlassenheit über das Wiseli, daß es ihm vorkam, als sei es mutterseelenallein und verloren auf der Welt, und gar kein Mensch kümmere sich mehr um es. So müsse es nun ganz allein und im Dunkeln bleiben und umkommen. Und über das Wiseli kam ein solches Elend, daß es den Kopf auf sein Bündelchen drückte und bitterlich zu weinen anfing und immer wieder trostlos sagte: »Mutter, kannst du mich nicht hören? Mutter, hörst du mich nicht?« Aber die Mutter hatte dem Wiseli oft gesagt, wenn es einem Menschen schlimm gehe und er leiden müsse, dann sei er froh, daß er zum lieben Gott im Himmel schreien könne, der höre ihn immer an und wolle ihm gerne helfen, wenn auch die Menschen ihm nicht mehr zuhören wollen oder helfen können. Das fiel jetzt dem Wiseli ein, und auf einmal saß es wieder auf und schluchzte laut: »Ach, lieber Gott im Himmel, hilf mir auch. Mir ist so angst, und die Mutter hört mich nicht mehr!« Und so betete es zwei- oder dreimal, und dann wurde es ein wenig stiller und ruhiger. Es gab ihm ein bißchen Trost ins Herz, als es nun fühlte, daß der liebe Gott im Himmel doch noch da sei, zu dem es eben gerufen hatte, so war es doch nicht ganz, ganz allein. Jetzt fielen ihm auch die Worte ein, die ihm die Mutter zuletzt noch gesagt hatte: »Wenn du einmal keinen Weg mehr vor dir siehst und es dir ganz schwer wird« – so war es jetzt schon gekommen, und doch hatte es noch nicht gewußt, wie das kommen konnte, als die

Mutter es sagte – dann, hatte sie gesagt, solle es daran denken, wie es in seinem Liede heiße:

> »Er wird auch Wege finden,
> Da dein Fuß gehen kann.«

Nun war eine beruhigende Zuversicht in des Kindes Herz gefallen. Als es voller Vertrauen die letzten Worte noch einmal gesagt hatte, legte es seinen Kopf wieder auf das Bündelchen und schlief sofort ein.

Jetzt träumte es dem Wiseli, es sehe einen schönen, weißen Weg vor sich, ganz trocken und hell von der Sonne beschienen, der ging zwischen lauter roten Nelken und Rosen durch und war so lockend anzusehen, daß man gleich hätte darauf hüpfen und springen mögen. Und neben dem Wiseli stand seine Mutter und hielt es liebevoll bei der Hand wie immer, und dabei zeigte sie auf den Weg und sagte: »Sieh, Wiseli, das ist dein Weg! Habe ich nicht zu dir gesagt:

> ›Er wird auch Wege finden,
> Da dein Fuß gehen kann.‹

Und das Wiseli war in seinem Traume sehr glücklich, und auf seinem Bündelchen schlief es so gut, als läge es in einem weichen Bett.

Wie es weitergeht und Sommer wird

Als die alte Trine mit der Nachricht auf die Halde zurückkam, daß Wiselis Mutter gestorben und das Kind eben von seinem Vetter-Götti geholt worden sei, entstand ein großer Aufruhr im Hause. Die Mutter klagte und jammerte darüber, daß sie den Besuch bei der Kranken nicht mehr gemacht hatte, den sie sich schon seit einigen Tagen bestimmt vorgenommen. Sie hatte aber keine Ahnung gehabt, daß das Ende der armen Frau so nahe sein konnte, daher war sie sehr betrübt und ergriffen.

Inzwischen lief Otto mit großen Schritten vor Aufregung im Zimmer auf und nieder und rief einmal ums andere zornentbrannt aus: »Es ist eine Ungerechtigkeit! Es ist eine Ungerechtigkeit! Aber wenn er ihm etwas tut, dann kann er nachher seine Rippen zählen, wie viele davon noch heil sind!«

»Von wem sprichst du?« unterbrach ihn die Mutter.

»Vom Chäppi«, erwiderte er, »was kann er dem Wiseli alles tun, wenn es mit ihm zusammenwohnen muß! Das ist eine Ungerechtigkeit! Aber er soll es nur probieren.« Hier wurde Otto wieder unterbrochen, weil ein wiederholtes heftiges Stampfen seine Stimme übertönte.

»Was machst du für einen schrecklichen Krach, du Miez hinter dem Ofen!« rief er, indem sich sein Zorn nun nach dieser Seite wandte. Miezchen kam hinter dem Ofen hervor und stampfte noch einmal voller Wucht auf den Boden, denn es war bemüht, seine Füße wieder in die völlig nassen Stiefel hineinzuzwingen, die ihm die alte Trine vor kurzer Zeit mit der größten Mühe ausgezogen hatte. Die Arbeit war sehr schwierig, und feuerrot vor Anstrengung keuchte Miezchen hervor: »Du kannst doch sehen, daß ich es so tun muß. Kein Mensch kann in diese Stiefel hineinkommen, ohne zu stampfen.«

»Und warum müssen denn die Stiefel wieder an die Füße, wo ich sie gerade ausgezogen habe, möchte ich wissen?« sagte die Trine, die noch im Zimmer stand.

»Ich gehe zum Buchenrain und hole sofort das Wiseli zu uns. Es kann mein Bett haben«, erklärte das Miezchen entschlossen. Ebenso entschlossen kam jetzt die alte Trine auf das Miezchen zu, hob es in die Höhe, setzte es fest auf einen Stuhl und zog mit einem Ruck den halb angezwängten Stiefel wieder aus, hielt aber doch für gut, das zappelnde Kind zu beschwichtigen, indem sie sagte: »Schon recht! Schon recht! Allein ich will's schon für dich machen, du brauchst nicht zwei Paar Strümpfe und zwei Paar Schuhe dafür naß zu machen. Dein Bett kannst du schon geben, du kannst dann zum Schlafen in die Rumpelkammer hinaufziehen, da ist Platz genug.« Aber das Miezchen hatte ganz andere Gedanken. Es hatte gemerkt, daß es sich plötzlich von einem großen täglich wiederkehrenden Ungemach befreien könne, und hatte fest vor, es zu tun. Jeden Abend nämlich, gerade wenn Miezchen sich am besten unterhielt, erscholl auf einmal der Befehl, aufzuräumen und ins Bett zu gehen. Dann erfolgten jedesmal große innere, häufig auch äußere Krämpfe, die waren peinlich und dazu doch nutzlos. Wenn es nun sein Bett an das Wiseli verschenkt hatte, so war mit einem Male allem abgeholfen, denn da war keins mehr vorhanden, und Miezchen konnte für immer aufbleiben. Diese Aussicht beglückte das Miezchen so sehr, daß alle seine Gedanken darauf gerichtet waren und es erst gar nicht merkte, daß die schlaue Trine nur darauf bedacht war, ohne Kampf die nassen Stiefel zu bekommen, es ihr aber gar nicht einfiel, das Wiseli zu holen. Als sie nun befriedigt mit ihren Stiefeln davonging und Miezchen die Täuschung entdeckte, fing es einen so mörderlichen Lärm an, daß Otto sich beide Ohren zuhalten und die Mutter ernstlich einschreiten mußte. Sie versprach dann dem Miezchen, die Sache mit Papa zu besprechen, sobald er erst wieder zu Hause wäre. Er war am Morgen dieses Tages mit Onkel Max abgereist, um einen lange verabredeten Besuch bei einem alten Freunde zu machen. So wurde denn endlich Ruhe und Frieden im Hause wiederhergestellt. Erst nach vier Tagen kamen die Herren von ihrem Ausflug zurück, und die Mutter hielt Wort: Das erste, was sie noch am Abend seiner Ankunft mit dem Vater besprach, war Wiselis Verwaistsein und sein neues Unterkommen. Es wurde gleich beschlossen, der Vater solle am nächsten Tage hingehen, um sich mit dem Pfarrer zu überlegen, was für

Wiseli getan werden könnte. Dies wurde nun auch getan, und der Oberst brachte die Nachricht, daß am vergangenen Sonntag, zwei Tage vorher, der Gemeindevorstand die Sache schon so geordnet hatte, wie sie jetzt bleiben werde. Wiseli sollte ein Unterkommen haben, und da seine Mutter nichts hinterlassen hatte, mußte die Gemeinde für das Kind sorgen, bis es sich selbst sein Brot verdienen konnte. Nun hatte sich der Vetter-Götti gleich angeboten, das Kind für wenig Geld bei sich zu behalten, weil er einen Akt der Wohltätigkeit an ihm auszuüben gedachte. Er war als rechtschaffener Mensch bekannt, und weil seine Forderung so billig war, wurde ihm das Kind von dem Vorstand bereitwillig zuerkannt, und so war es denn fest und unabänderlich, daß Wiselis neue Heimat das Haus des Vetter-Götti geworden war.

»Es ist eigentlich gut so«, sagte der Oberst zu seiner Frau. »Das Kind ist da wohlversorgt. Was hätte man auch mit ihm machen sollen, es ist ja noch viel zu klein, um irgendwie angestellt zu werden. Alle elternlosen Kinder kannst du doch nicht ins Haus nehmen, sonst müßtest du ein Waisenhaus gründen.« Seine Frau war über die Nachricht ein wenig bestürzt, daß schon alles festgesetzt sei. Sie hatte gehofft, es würde sich noch ein anderes Unterkommen für das Kind finden. Das zarte Wiseli in dem Hause zu wissen, wo es viel Roheit hören und fühlen mußte, tat ihr sehr leid. Aber sie hätte auch keinen bestimmten Rat gewußt, und nun war auch weiter nichts mehr zu tun, als die Sache hinzunehmen und sich manchmal nach dem Kinde umzusehen. Als am Morgen darauf Otto und Miezchen hörten, wie es mit Wiseli war, da brach freilich noch einmal ein Sturm los. Otto erklärte Wiselis Versorgung für die Versorgung eines Daniel in der Löwengrube und probierte damit seine Faust auf dem Tisch aus, offenbar mit dem heimlichen Wunsch, sie so auf Chäppis Rücken wirken zu lassen. Miezchen lärmte und heulte ein wenig, teils aus Mitleid für Wiseli, teils aus Teilnahme für sich selbst und seine vereitelten Hoffnungen auf ein glückliches Entrinnen aus der täglichen Betthaft. Aber auch diese Aufregung ging wie jede andere vorüber, und die Tage nahmen wieder ihren gewohnten Gang.

Mittlerweile hatte Wiseli sich nach und nach ein wenig in dem Hause des Vetter-Götti eingelebt. Sein Bett war angekommen, es schlief nicht mehr auf der Ofenbank, sondern, wie der Vetter gesagt hatte, in einem Verschlag in dem schmalen Gang zwischen der Kammer des Vetters und der Base und der Buben. In dem Verschlag hatte gerade sein Bett Platz und eine kleine Kiste, worin seine Kleider lagen und auf die es steigen mußte, um in sein Bett zu kommen, denn sonst war da gar kein Raum mehr. Um sich am Morgen zu waschen, mußte es an den Brunnen gehen, und wenn es sehr kalt war, so sagte die Base, sie solle es bleibenlassen und sich dann an einem anderen Tag waschen, wenn es wärmer sei. Aber daran war Wiseli nicht gewöhnt. Seine Mutter hatte es gelehrt, sich recht sauber zu halten, und Wiseli wollte lieber frieren, als so aussehen, wie es die Mutter ungern sehen würde.

Freilich, daheim war es anders gewesen, wenn es am Morgen bei der Mutter in der Stube sich hatte fertigmachen können und sie dabei immer so freundliche Worte mit ihm geredet hatte und dann den Kaffee auf den Tisch stellte und sie beide nebeneinander saßen und es fröhlich sein Brot aß, ehe es zur Schule mußte. Das war jetzt ganz anders, und alles war so anders, sein tägliches Leben vom Morgen bis zum Abend so anders, daß oft, oft bei der Erinnerung an die Mutter und an die Tage, die es bei ihr gehabt, dem Wiseli das Wasser in die Augen schoß und es ihm so das Herz zusammenschnürte, daß es dachte, es könne nicht mehr weiter. Aber es wehrte sich tapfer, denn der Vetter-Götti hatte es ungern, wenn es weinte oder traurig war. Die Base schimpfte dann mehr als sonst, sie konnte es gar nicht leiden. Am liebsten war Wiseli der Augenblick, wo es von allen weg allein in seinen Verschlag steigen und so richtig an die Mutter denken und sein Lied sagen konnte. Da kam ein großer Trost in sein Herz. Es dachte dann an seinen schönen Traum und glaubte fest, daß der liebe Gott ihm einen Weg suche, so wie ihn die Mutter gezeigt hatte. Wenn ihm dann auch einfiel, wie viele Menschen es auf der Welt gibt, für die der liebe Gott zu sorgen und Wege zu bereiten hat, und ihm dann vielleicht Zweifel kamen, ob er es vielleicht über all den vielen vergesse, dann zog ihm gleich der gute Trost ins Herz, daß ja die Mutter droben im Himmel sei und bestimmt den lieben Gott daran erinnere, daß er es auch nicht vergesse. Das machte das Wiseli dann zuversichtlich und froh, und es wurde nie mehr so unglücklich wie am ersten Abend auf der Ofenbank. Jeden Abend schlief es mit der frohen Zuversicht im Herzen ein:

›Er wird auch Wege finden,
Da dein Fuß gehen kann.‹

So verging der Winter, und der sonnige Frühling kam. Die Bäume wurden grün, und alle Wiesen standen voller Schlüsselblumen und weißer Anemonen. Im Wald rief lustig der Kuckuck, und schöne, warme Lüfte zogen durch das Land und machten alle Herzen fröhlich, so daß jeder wieder gern leben mochte.

Auch Wiselis Herz erfreuten die Blumen und der Sonnenschein, wenn es am Morgen in die Schule ging und nachher wieder zum Buchenrain zurückkehrte. Sonst blieb ihm keine Zeit, sich daran zu erfreuen, denn es mußte nun hart arbeiten. Jeder Augenblick, der neben der Schule übrigblieb, mußte zu irgendeiner Arbeit benutzt werden, und manchen halben Tag der Woche mußte es daheim bleiben und durfte gar nicht zur Schule gehen, weil da viel zu tun war, wie es der Vetter-Götti und hauptsächlich die Base sagten. Die Frühlingsarbeiten hatten auf dem Feld begonnen und im Garten war allerhand zu verrichten. Da mußte es mithelfen, und wenn die Base draußen war, mußte es kochen und dann das

Geschirr abwaschen, den Trog für die Schweinchen zurechtmachen und in die Scheune hinübertragen. Neben alledem mußten die Hemden und Hosen der Buben geflickt werden, und noch vieles war zu tun, daß Wiseli nie wußte, wann es fertig war. Den ganzen Tag durch hieß es an allen Ecken, wo es etwas zu tun gab: »Das kann das Kind machen, es hat ja sonst nichts zu tun«, so daß es dem Wiseli manchmal richtig schwindelig wurde, weil es gar nicht wußte, wo anfangen und wie fertig werden. Es wußte auch gut, daß, wenn es damit anfing, daß es mit dem Kartoffelsamen zum Acker rannte, wo der Vetter schaufelte und danach rief, die Base sicher schimpfen würde, daß es nicht erst in der Küche Feuer zum Abendessen gemacht hatte, wie sie es befohlen. Machte sie aber erst das Feuer an, so zankte der Chäppi wieder, weil es nicht zuerst das Loch in seinem Ärmel hatte flicken können, er hatte es ihm ja schon lange gesagt, und jeder rief ihm zu: »Warum machst du denn das nicht, du hast ja sonst nichts zu tun!« So war das Wiseli sehr froh, wenn es in die Schule gehen konnte. Dort hatte es doch eine Zeitlang Ruhe und wußte, was es tun mußte. Außerdem war es auch der Ort, wo es noch freundliche Worte erquickten, denn jedesmal, wenn die Pause war, oder beim Ausgang aus der Schule kam der Otto zu Wiseli heran und war freundlich zu ihm und brachte immer wieder eine Einladung von seiner Mutter, daß es etwa am Sonntagabend zu ihnen komme, sie wollten dann zusammen allerlei Spiele machen. Das konnte nun Wiseli nie ausführen, denn am Sonntag mußte es den Kaffee machen, und die Base erlaubte ihm nicht, an dem einzigen Tag fortzugehen, wo es ihr etwas helfen könne, wie sie sagte. Aber es tat doch dem Wiseli sehr wohl, daß Otto es immer wieder einlud, und nur schon deshalb, daß er freundliche Worte mit ihm redete, es hörte sonst keine mehr. Noch einen Grund hatte Wiseli, warum es gern zur Schule ging. Es mußte jedesmal an dem sauberen Gärtchen vom Schreiner Andres vorbei. Da schaute es so gern hinein und paßte da an der niederen

Hecke immer und immer wieder die Gelegenheit ab, den Schreiner Andres zu sehen, denn es hatte ihm ja noch etwas von der Mutter auszurichten, das hatte es auch noch gar nicht vergessen. Aber in das Haus hineinzugehen, dazu war Wiseli zu schüchtern, es kannte den Mann auch zu wenig, um einen solchen Schritt zu tun. Es hatte auch besondere Scheu vor ihm, weil er so still war und es nur immer, wo es ihn noch getroffen hatte, ganz freundlich angesehen, aber fast nie etwas oder doch nur ein flüchtiges Wort zu ihm gesagt hatte. Noch nie hatte Wiseli den Schreiner Andres sehen können, sooft es auch an der Hecke stillgestanden und nach ihm ausgeschaut hatte.

Mai und Juni waren vorbei, und die langen Sommertage waren gekommen, wo es auf dem Felde immer mehr Arbeit gibt und alle Arbeit so anstrengend ist. Das merkte auch das Wiseli, wenn es vom Vetter hinausgerufen wurde und mit einem großen schweren Rechen das Heu zusammenbringen mußte oder es mit der breiten hölzernen Gabel wieder auseinanderwerfen, damit es an der Sonne trockne. Oft mußte es so den ganzen Tag draußen helfen, und am Abend war es dann so müde, daß es seine Arme kaum noch bewegen konnte. Das wäre aber nicht schlimm gewesen, denn es dachte, das müsse so sein. Aber wenn es dann am Abend einen Augenblick still saß, dann rief ihm der Chäppi gleich zu: »Du wirst so gut Rechenarbeiten zu machen haben wie ich. Du denkst, du brauchst nichts zu tun, und in der Schule kannst du nie etwas.« Das tat dem Wiseli weh, denn es hätte gern alles recht fleißig gelernt und wäre gern regelmäßig zur Schule gegangen, damit es alles gut verstehen und lernen könnte, wie die anderen, und es wußte ganz gut, daß es fast überall zurück war. Es mußte ja so oft unterbrechen und hatte dann gar keinen Zusammenhang, wußte auch gar nicht, was die Aufgaben für die Schule waren. Wenn es dann so ohne Arbeit kam und dazu ungeschickt antwortete und vieles gar nicht wußte, schämte es sich so sehr und besonders, wenn der Lehrer ihm dann so vor allen Kindern sagte: »Das hätte ich von dir nicht erwartet, Wiseli, du warst immer am fleißigsten.« Dann dachte es oft, es müsse vor Scham in den Boden hineinkriechen, und nachher weinte es auf dem ganzen Heimweg. Doch dem Chäppi durfte es nicht antworten, es wisse ja nicht, was es machen müsse, sonst schimpfte und lärmte er so lange, bis die Base hereinkam und auf Chäppis Anklagen hin dem Wiseli erst recht Faulheit vorwarf. Dann unterdrückte das Kind manchmal seine Tränen und erst später auf seinem Kissen durfte es ihnen den Lauf lassen. Sie kamen dann auch recht heiß und schwer, denn es war ihm so, als hätten der liebe Gott und die Mutter es ganz vergessen, und kein Mensch auf der Welt kümmere sich um sein Leben. In seinem Kummer konnte es oft lange sein Trostlied nicht sagen. Es kam aber nie zur Ruhe und konnte nie einschlafen, bevor es die Worte wieder zusammengefunden und sie mit Andacht hatte sagen können, wenn ihm auch die frohe Zuversicht nie mehr im Herzen aufgehen wollte. So war das Wiseli auch an einem schönen Juliabend eingeschlafen, und am Morgen darauf stand es zaghaft unten am Tisch, als die Buben sich zur Schule fertigmachten. Es wagte nicht zu fragen, ob es auch gehen dürfe, denn die Base schien keine Zeit für eine Antwort übrig zu haben, und der Vater war schon zur Tür hinausgegangen.

Jetzt liefen die Buben davon. Wiseli schaute ihnen durch das offene Fenster nach, wo sie zwischen den hohen Wiesenblumen hinsprangen und über ihren Köpfen die weißen Schmetterlinge in der Morgensonne flogen. Die Base hatte große Wäsche vorbereitet. Ob es wohl diese Woche am Waschtrog zubringen mußte? Richtig, sie rief schon aus der Küche nach ihm. Jetzt rief auch der Vetter-Götti seinen Namen, er stand am Brunnen und sah es am Fenster. »Mach, mach, Wiseli, es ist Zeit, die Buben sind ja weit voraus. Das Heu ist drinnen, mach, daß du in die Schule kommst!«

Das ließ sich Wiseli nicht zweimal sagen. Wie ein Blitz erfaßte es seine Schultasche und flog zur Tür hinaus.

»Sag dem Lehrer«, rief der Vetter nach, »es gebe jetzt eine Zeitlang kein Fehlen mehr, er soll's nicht so genau nehmen, wir haben viel mit dem Heu zu tun gehabt.« Wiseli lief glücklich davon. Nun mußte es denn nicht an den Waschtrog, es durfte die ganze Woche in die Schule gehen. Wie war es ringsum so schön! Von allen Bäumen pfiffen die Vögel, und das Gras duftete, und in der Sonne leuchteten die roten Margeritli und die gelben Glisserli. Wiseli konnte nicht stillstehen, dazu war keine Zeit, aber es fühlte wohl, wie schön es war, und lief voller Freuden mittendurch.

An demselben Abend, als alle Kinder aus der dumpfen Schulstube in den sonnigen Abendschein hinausstürmen wollten, rief der Lehrer voller Ernst in den Tumult hinein: »Wer hat die Woche?«

»Der Otto, der Otto!« rief die ganze Schar und stürmte davon.

»Otto«, sagte der Lehrer in ernstem Ton, »gestern ist hier nicht aufgeräumt worden. Einmal will ich dir verzeihen; aber laß mich dies nicht zum zweiten Male sehen, sonst müßte die Strafe folgen.«

Otto schaute einen Augenblick auf all die Nußschalen und Papierfetzen und Apfelschnitze, die am Boden herumlagen und aufgelesen sein wollten. Dann drehte er schnell den Kopf weg und lief auch zur Tür hinaus, denn der Lehrer war schon durch seine Tür verschwunden. Draußen stand Otto auf dem sonnigen Platz still und schaute in den goldenen Abend hinaus und dachte: »Jetzt könnte ich heimgehen, und dann kriege ich die Kappe voll Kirschen, und dann könnte ich auf dem Braunen ins Feld hinausreiten, wenn der Knecht das Heu holt. Nun soll ich drinnen auf dem Boden Papierfetzen zusammenlesen?« – und Otto wurde durch seine Gedanken so aufgeregt, daß er ganz zornig vor sich hin sagte: »Ich wollte, es käme gerade jetzt der Jüngste Tag und das Schulhaus und alles miteinander flöge in tausend Stücken in die Luft hinauf!« Es blieb aber ringsum still und ruhig und von dem alles beendenden

Erdbeben waren keine Anzeichen da. Da drehte sich Otto endlich wieder mit einem furchtbaren Grimm auf seinem Gesicht der Schultür zu, denn er wußte ja, in den sauren Apfel mußte nun gebissen werden, oder morgen folgte die erniedrigende Strafe des Nachsitzens, die wollte er nicht auf sich kommen lassen. Er trat ein, allein beim ersten Schritt blieb er verwundert stehen: Völlig aufgeräumt lag die Schulstube vor ihm, kein Fetzchen und kein Stäubchen nirgends mehr zu sehen. Die Fenster standen offen und lieblich strömte die Abendluft in die geputzte Stube hinein. In dem Augenblick trat der Lehrer aus seiner Stube und schaute verwundert um sich und auf den starrenden Otto. Dann ging er zu diesem hin und sagte ermunternd: »Du darfst wirklich dein Werk anstaunen, das hätte ich dir nicht zugetraut. Du bist ein guter Schüler, aber im Aufräumen hast du heute alle übertroffen, was sonst bei dir nicht der Fall war.« Damit ging der Lehrer fort, und als sich Otto noch mit einem letzten Blick überzeugt hatte, daß er die Wirklichkeit vor sich sah, sprang er vor Freuden mit zwei Sätzen die Treppe hinunter und über den Platz weg, dann die Halde hinauf, und erst als er der Mutter das wunderbare Ereignis erzählte, fing er an zu überlegen, wie es wohl geschehen war.

»Aus Versehen wird wohl keiner für dich aufgeräumt haben«, sagte die Mutter. »Hast du etwa einen guten Freund, der sich so edelmütig für dich aufopfert? Denk doch einmal nach, wie es sein könnte.«

»Ich weiß es«, sagte Miezchen entschieden, das eifrig zugehört hatte.

»Ja, wer denn?« rief Otto, teils neugierig, teils ungläubig.

»Der Mauserhans«, sagte Miezchen voller Überzeugung, »weil du ihm vor einem Jahr einen Apfel gegeben hast.«

»Ja, oder der Wilhelm Tell, weil ich ihm seinen vor ein paar Jahren nicht genommen habe. Das wäre wohl ebenso wahrscheinlich, du Wunder von einem Miez.« Damit rannte Otto davon, denn jetzt war's die höchste Zeit, wollte er den Ritt ins Heu nicht verlieren.

Inzwischen sprang das Wiseli mit vergnügtem Herzen den Berg hinunter, vorbei an des Schreiners Andres Gärtchen, und tat noch ein paar Sprünge. Dann machte es aber plötzlich Kehrum und lief die letzten Sprünge wieder zurück, denn es hatte im Vorbeilaufen in dem Garten so schöne rote Nelken offen gesehen, die mußte es noch einmal ansehen, wenn es auch ein wenig spät war. Es dachte: »Die Buben hole ich doch ein, die machen erst noch auf allen Wegen Kugelschieben.« Die Nelken leuchteten in der Abendsonne so schön und dufteten so herrlich dem Wiseli über die niedere Hecke zu, daß es fast nicht mehr von der Stelle fort konnte, so gut gefiel es ihm hier. Da kam auf einmal der Schreiner Andres aus seiner Tür heraus in das Gärtchen und kam gerade auf das Wiseli zu. Er bot ihm über die Hecke die Hand und sagte sehr freundlich: »Willst du eine Nelke, Wiseli?«

»Ja, gern«, antwortete es, »und dann sollte ich Euch auch noch von der Mutter etwas ausrichten.«

»Von der Mutter?« fragte der Schreiner Andres im höchsten Erstaunen und ließ die Nelken aus der Hand fallen, die er eben abgebrochen hatte. Wiseli lief um die Hecke herum und las sie auf. Dann sah es zu dem Manne auf, der ganz still dastand, und sagte: »Ja, noch zuallerletzt, als die Mutter sonst nichts mehr mochte, hat sie von dem schönen Saft getrunken, den Ihr in die Küche gestellt hattet, und er hat ihr so gutgetan. Dann hatte sie mir aufgetragen, ich soll Euch sagen, sie danke Euch vielmal dafür und auch noch für alles Gute, und sie sagte noch: ›Er hat es gut mit mir gemeint.‹« Jetzt sah Wiseli, wie dem Schreiner Andres große Tränen über die Wangen hinunterliefen. Er wollte etwas sagen, aber es kam nichts heraus. Dann drückte er dem Wiseli stark die Hand, drehte sich um und ging ins Haus hinein.

Das Wiseli stand ganz verwundert da. Kein Mensch hatte um seine Mutter geweint, und es selbst hatte nur weinen dürfen, wenn es niemand sah, denn der Vetter wollte ja kein Geschrei, hatte er gesagt, und vor der Base durfte es noch weniger weinen. Und nun war auf einmal jemand da, dem kamen die Tränen, weil es etwas von der Mutter gesagt hatte. Dem Wiseli wurde es so zumute, als wäre der Schreiner Andres sein liebster Freund auf der Welt, und es faßte eine große Liebe zu ihm. Jetzt rannte es mit seinen Nelken davon und war wie der Blitz am Buchenrain angelangt. Das war gut, denn gerade sah es, wie die beiden Buben dem Haus zuliefen, und es durfte auf keinen Fall nach ihnen daheim ankommen.

An diesem Abend betete Wiseli mit so frohem Herzen, daß es gar nicht verstand, warum es gestern hatte so verzagt sein können und gar keine Zuversicht und Freude gehabt hatte, sein Lied zu sagen. Der liebe Gott hatte es bestimmt nicht vergessen, das wollte es nicht mehr denken. Heute hatte er ihm ja so viel Freude geschickt, und beim Einschlafen sah Wiseli noch das gute Gesicht vom Schreiner Andres mit den Tränen vor sich.

Am nächsten Tag, es war nun Mittwoch, erlebte Otto genau dieselbe überraschende Tatsache wie am Tage vorher, denn er hatte es sich nicht enthalten können, mit den anderen im ersten Augenblick der Befreiung aus der Schulstube hinauszurennen. Als er dann mit gedrücktem Gemüte an seine Arbeit gehen wollte und die Tür aufmachte – siehe, da war schon alles getan und die Stube in bester Ordnung. Nun fing die Sache aber an, seine Neugier zu stacheln. Er hatte auch einen so großen Dank für den unbekannten Wohltäter im Herzen, daß es ihn drängte, ihn auszusprechen. Am Donnerstag wollte er aufpassen, wie die Sache eigentlich zuging. Als nun die Schulstunden zu Ende waren und alles forteilte, stand Otto einen Augenblick nachdenklich an seinem Platz. Er wußte nicht recht, wo er am besten dem Wohltäter auflauern konnte. Aber mit einem Mal faßte ihn eine Schar kräftiger Kerle, seine

Klassengenossen, an allen Ecken an, und die Stimmen riefen durcheinander: »Komm heraus! Heraus mit dir! Wir machen Räuber, du bist der Anführer.« Otto wehrte sich ein wenig. »Ich habe ja die Woche«, rief er. »Ach was«, scholl es zurück, »wegen einer Viertelstunde. Komm!« Otto ließ sich fortreißen, im stillen verließ er sich schon ein wenig auf seinen unbekannten Freund, der ihn vor der Strafe schützen würde. Er fand es unbeschreiblich angenehm, eine solche Fürsorge im Rücken zu haben. Aus der Viertelstunde wurde auch über eine Stunde, und Otto wäre verloren gewesen. Er keuchte in die Schulstube, um sein Schicksal zu erwarten, und stieß dabei die Tür mit solchem Gepolter auf, daß der Lehrer sofort aus seiner Stube ins Klassenzimmer kam. »Was hast du gewollt, Otto?« fragte der Lehrer. »Nur noch einmal nachsehen«, stotterte Otto, »ob auch bestimmt alles in Ordnung sei.«

»Musterhaft«, bemerkte der Lehrer. »Dein Eifer ist löblich, aber die Türen dabei halb einzuschlagen, ist nicht notwendig.« Otto ging sehr wohlgemut von dannen. Am Freitag war er entschlossen, den Platz nicht zu räumen, bis er im klaren war, denn da kam für ihn nur noch der Samstagmorgen. Da gab es allerdings immer noch eine Hauptträumerei. »Otto«, rief der Lehrer, als am Freitag die Glocke vier Uhr schlug, »trag mir schnell das Zettelchen zum Pfarrer, er gibt dir Schriften zurück. In fünf Minuten bist du wieder zum Aufräumen da.« Das war Otto nicht ganz recht, doch er mußte gehen, er konnte ja auch gleich wieder da sein. In wenigen Sprüngen war er im Pfarrhaus. Der Pfarrer hatte noch jemandem Bescheid zu geben, und die Frau Pfarrerin rief Otto in den Garten hinaus. Er mußte ihr erzählen, wie es der Mama und dem Papa gehe und dem Miezchen und dem Onkel Max und den Verwandten. Dann kam der Pfarrer, und Otto mußte erklären, wie er zu dem Auftrag gekommen war und was ihm der Lehrer sonst noch aufgetragen habe. Endlich hatte dann Otto seine Papiere und pfeilschnell war er drüben, riß die Tür der Schulstube auf: Alles in Ordnung, alles still, kein menschliches Wesen zu sehen.

»Nun habe ich mich die ganze Woche nicht ein einziges Mal nach den grausigen Fetzen bücken müssen«, dachte Otto befriedigt. »Wer hat das Schauerliche nur tun können, ohne daß er es mußte?« Das wollte er um jeden Preis wissen.

Am Samstag waren die Schulstunden um elf Uhr zu Ende. Otto ließ alle Kinder hinausgehen, und als nun die Schulstube leer war, ging er vor die Tür hinaus, schloß sie zu und lehnte sich mit dem Rücken daran. So mußte er doch bestimmt sehen, ob da jemand hineingehen wollte, denn damit wollte er lieber anfangen als mit der schweren Arbeit. Er stand und stand – es kam niemand. Er hörte die Uhr halb zwölf schlagen, es kam niemand. An dem Nachmittag stand aber ein Ausflug bevor, es sollte heut früh Mittag gemacht werden, und er sollte so schnell wie möglich zu Hause sein. Er mußte also hinein und an die Arbeit, es grauste ihm. Er machte die Tür auf – da – Otto starrte noch mehr als das erste Mal – wahrhaftig, es war so, es war alles getan, schöner als je. Otto wurde es sehr eigentümlich zumute, es schwebte ihm etwas wie eine Geistergeschichte vor. Ganz leise, wie sonst nie, ging er zur Tür hinaus. Gerade in diesem Augenblick kam ebenso leise etwas aus des Lehrers Küche herausgeschlichen, und auf einmal stand das Wiseli ganz nahe vor ihm. Beide fuhren vor Schrecken zusammen, und das Wiseli wurde über und über rot, so, als hätte es der Otto bei einem Unrecht erwischt. Jetzt ging diesem ein Licht auf.

»Sicher hast du das für mich die ganze Woche lang gemacht, Wiseli!« rief er aus. »Das tut doch sonst gewiß kein Mensch, wenn er es nicht muß.«

»Es hat mich aber so gefreut, es zu tun, wie du gar nicht glaubst«, gab Wiseli zur Antwort.

»Nein, nein, das mußt du nicht sagen, Wiseli. So etwas zu tun, kann keinen Menschen auf der Welt freuen«, sagte Otto überzeugt.

»Doch, gewiß, gewiß«, versicherte Wiseli, »ich habe mich die ganze Zeit lang immer auf den Abend gefreut, wenn ich es wieder tun durfte, und während ich aufräumte, habe ich mich erst recht immerzu gefreut, weil ich gedacht habe: Jetzt kommt der Otto und findet alles fertig und ist froh.«

»Aber wie kamst du denn darauf, daß du das für mich tun wolltest?« fragte Otto noch immer verwundert.

»Ich wußte schon, daß du es nicht gern tust, und ich habe schon immer gedacht, wenn ich nur auch einmal dem Otto etwas geben könnte, wie du mir den Schlitten, weißt noch? Aber ich hatte gar nie etwas.«

»Das ist viel mehr wert, als einen Schlitten zu leihen, was du jetzt für mich getan hast. Das will ich dir auch nicht vergessen, Wiseli«, und Otto gab ihm gerührt die Hand. Wiselis Augen leuchteten vor Freude, wie lange nicht mehr. Doch nun wollte Otto noch wissen, wie es denn wieder in die Stube hineingekommen sei, wo er ja gewartet hatte, bis alle Kinder draußen waren.

»O ich bin gar nicht hinausgegangen«, sagte Wiseli, »ich versteckte mich schnell hinter dem Kasten. Ich dachte, du gehst schon ein wenig hinaus, wie vorher jeden Tag.«

»Aber wie konntest du immer hinaus, ohne daß ich dich sah«, wollte Otto noch wissen.

»Wenn du mit den anderen am Herumlaufen warst, konnte ich schon hinaus. Ich paßte gut auf, und gestern und heute, wie ich nicht sicher war, ging ich durch des Lehrers Stube und fragte die Frau Lehrerin, ob sie etwas auszurichten habe. Sie gibt mir manchmal einen Auftrag, und dann ging ich durch die Küche fort. Gestern war ich gerade hinter der Küchentür, als du in die Schulstube hineinranntest.«

Jetzt wußte Otto die ganze Geistergeschichte. Er gab dem Wiseli noch einmal die Hand. »Danke, Wiseli«, sagte er herzlich; und dann lief eins da hinaus, das andere dort hinaus, und beiden war es ganz wohl zumute.

Das Alte und auch etwas Neues

Der Sommer war vergangen und auch die schönen Herbsttage waren wohl zu Ende. Es wurde am Abend kühl und neblig, und in den feuchten Wiesen fraßen die Kühe das letzte Gras ab. Hier und da flackerten auf den Wiesen kleine Feuer auf, denn die Hirtenbuben brieten da Kartoffeln und wärmten sich die Hände.

An einem solchen grauen Nebelabend kam Otto aus der Schule heimgerannt und erklärte seiner Mutter, er müsse nachsehen, was das Wiseli mache. Seit den Herbstferien war es noch nie in die Schule gekommen, wohl schon acht Tage nicht. Otto steckte seine Vesperäpfel zu sich und eilte fort. Am Buchenrain angekommen, sah er den Rudi am Boden vor der Haustür sitzen und von einem Haufen Birnen, die neben ihm lagen, eine nach der anderen zerbeißen. »Wo ist das Wiseli?« fragte Otto.

»Draußen«, war die Antwort.

»Wo draußen?«

»Auf der Wiese.«

»Auf welcher Wiese?«

»Ich weiß nicht«, und Rudi knackte weiter an seinen Birnen.

»Du stirbst einmal nicht am Gescheitsein«, bemerkte Otto und ging aufs Geratewohl auf die große Wiese, die sich vom Haus bis zum Wald hinaufzog. Jetzt entdeckte er drei schwarze Punkte unter einem Birnbaum und ging darauf zu. Richtig, da bückte sich Wiseli, um die Birnen zusammenzulesen, dort saß der Chäppi rittlings auf seinem Birnenkorb, und zuhinterst lag der Hans rücklings über dem vollen Korb und schaukelte sich so darauf, daß der Korb jeden Augenblick umzustürzen drohte. Chäppi sah ihm zu und lachte bei jedem Rucke.

Als Wiseli den Otto herankommen sah, kam ein schöner Sonnenschein auf sein Gesicht. »Guten Abend, Wiseli«, rief er von weitem, »warum bist du so lange nicht in die Schule gekommen?« Wiseli streckte erfreut dem Otto die Hand entgegen. »Wir haben soviel zu tun, darum durfte ich nicht kommen«, sagte es. »Sieh nur, wieviel Birnen es gibt! Ich muß vom Morgen bis zum Abend aufsammeln, soviel ich nur kann.«

»Du hast ja ganz nasse Schuhe und Strümpfe«, sagte Otto. »Hu! Hier ist's nicht gemütlich. Frierst du nicht, wenn du so naß bist?«

»Es schaudert mich nur manchmal ein wenig, sonst ist es mir eher heiß vom Auflesen.« In diesem Augenblick gab der Hans seinem Korb einen solchen Ruck, daß alles übereinander auf den Boden rollte. Hans, der Korb und alle Birnen, die rollten nach allen Richtungen.

»Oh, oh!« sagte Wiseli kläglich, »nun muß man die alle wieder zusammensuchen.«

»Und die auch«, rief Chäppi und lachte, als die Birne, die er geworfen hatte, dem Wiseli an die Schläfe ging, so daß es ganz bleich wurde und ihm vor Schmerz das Wasser in die Augen kam. Kaum hatte Otto das gesehen, als er auf den Chäppi losging, ihn samt seinem Korbe umwarf und ihn fest im Genick packte. »Hör auf, ich muß ersticken«, gurgelte der Chäppi, jetzt lachte er nicht mehr. »Ich will es so machen, daß du daran denkst, daß du es mit mir zu tun hast, wenn du so mit dem Wiseli umgehst!« rief Otto zornglühend. »Hast du genug, willst du daran denken?« – »Ja, ja, laß nur los!« bat Chäppi, mürbe gemacht. Nun ließ Otto los. »Jetzt hast du's gespürt«, sagte er. »Wenn du dem Wiseli noch einmal etwas zuleide tust, so packe ich dich so, daß du noch einen Schrecken davon hast, wenn du siebzig Jahre alt bist. Leb wohl, Wiseli.« Damit drehte sich Otto um und ging mit seinem Zorn nach Hause.

Hier suchte er gleich seine Mutter auf und schüttete seine ganze Empörung vor ihr aus, daß das Wiseli eine solche Behandlung dulden müsse. Er war auch fest entschlossen, sofort zum Pfarrer zu gehen und den Vetter-Götti und seine Familie anzuklagen, damit man ihnen das Wiseli nehme. Die Mutter hörte ruhig zu, bis Otto sich ein wenig abgekühlt hatte, dann sagte sie:

»Sieh, lieber Junge, das würde gar nichts nützen, das Kind nähme man dem Vetter-Götti nicht weg, man würde ihn nur reizen, wenn er so etwas hörte. Er selbst meint es nicht böse mit dem Kind, und es ist kein genügender Grund da, ihm Wiseli ganz wegzunehmen. Ich weiß wohl, daß das arme Kind jetzt ein hartes Brot ißt, ich habe es auch nicht vergessen. Ich schaue immer danach aus, ob mir der liebe Gott nicht einen Weg auftue, wo dem Kinde richtig geholfen werden könnte. Die Sache liegt mir auch am Herzen, das kannst du glauben, Otto. Wenn du so lange das Wiseli schützen und den rohen Chäppi ein wenig zähmen kannst, ohne selbst dabei roh zu werden, so bin ich damit sehr einverstanden.«

Otto beruhigte sich am besten durch den Gedanken, daß die Mutter doch auch noch nach einem anderen Wege für das Wiseli ausschaue. Er selber dachte sich alle möglichen Rettungswege aus, aber alle führten in die Luft hinauf und hatten keinen Boden, und er sah ein, daß das Wiseli darauf nicht wandeln könnte. Als er dann zu Weihnachten seine Wünsche aufschreiben durfte, da schrieb er extra mit ungeheuren Buchstaben, so als müßte man sie vom Himmel herunter lesen, auf sein Papier: »Ich wünsche, daß das Christkind das Wiseli befreie.«

Nun war der kalte Januar wieder da, und der Schlittenweg war so glatt und fest, daß die Kinder gar nicht genug bekommen konnten, die herrliche Bahn zu benutzen. Es kam auch eine helle Mondnacht nach der anderen, und Otto hatte auf einmal den Einfall, am allerschönsten müßte das Schlittenfahren im Mondschein sein. Die ganze Gesellschaft sollte sich am Abend um sieben Uhr zusammenfinden und die Mondscheinfahrten ausführen, denn es war der Tag des Vollmonds, da mußte es herrlich werden. Mit Jubel wurde der Vorschlag angenommen, und die Schlittenbahngenossen trennten sich wie gewöhnlich gegen fünf Uhr, wo es Nacht wurde, um sich um sieben Uhr wieder zusammenzufinden. Weniger Anklang fand der Vorschlag bei Ottos Mutter, als er ihr mitgeteilt wurde. Sie wurde gar nicht von der Begeisterung mitgerissen, mit der die Kinder beide auf einmal und in den lautesten Tönen ihr das Wundervolle dieses Unternehmens schilderten. Sie stellte ihnen die Kälte des späten Abends vor, die Unsicherheit der Fahrten bei dem ungewissen Licht und alle Gefahren, die besonders das Miezchen bedrohen könnten. Aber die Einwände entflammten den brennenden Wunsch immer mehr, und Miezchen flehte, als hinge seine einzige Lebensfreude an dieser Schlittenfahrt. Otto versprach auch hoch und teuer, er ließe dem Miezchen nichts geschehen, sondern bliebe immer in seiner Nähe. Endlich willigte die Mutter ein. Mit großem Jubel und wohlverpackt zogen die Kinder ein paar Stunden danach in die helle Nacht hinaus. Es ging alles nach Wunsch, die Schlittenbahn war unvergleichlich, und das Geheimnisvolle der dunklen Stellen, wo der Mondschein nicht hinfiel, erhöhte den Reiz der Sache. Eine Menge Kinder hatten sich eingefunden, alle waren in fröhlichster Stimmung. Otto ließ sie alle vorausfahren, dann kam er, und zuletzt mußte das Miezchen kommen, damit ihm keiner in den Rücken fahren konnte. So hatte er es eingerichtet, und er konnte dabei auch immer von Zeit zu Zeit mit einem schnellen Blick sehen, ob Miezchen richtig nachkomme. Als nun alles so herrlich vonstatten ging, fiel einem der Buben ein, nun müßte einmal der ganze Zug »anhängen«, nämlich ein Schlitten an den anderen gebunden werden und so herunterfahren, das müßte im Mondenschein ein ganz besonderes Juxstück abgeben. Unter großem Lärm und allgemeiner Zustimmung ging man gleich ans Werk. Für Miezchen fand Otto die Fahrt doch ein wenig gefährlich, denn manchmal gab es dabei einen großartigen Umsturz sämtlicher Schlitten. Das konnte er für das kleine Wesen nicht riskieren. Er ließ seinen Schlitten zuletzt anbinden, der Miezchens aber wurde freigelassen. So fuhr es, wie immer, hinter dem Bruder her, nur konnte er jetzt nicht, wie sonst, seinen Schlitten langsamer fahren lassen, wenn Miezchen zurückblieb, denn er war in der Gewalt des Zuges. Jetzt ging es los, und herrlich und ohne Aufenthalt glitt die lange, lange Kette die glatte Bahn hinunter.

Mit einem Male hörte Otto ein furchtbares Geschrei, und er kannte die Stimme wohl, die es verursachte, es war Miezchens Stimme. Was war da geschehen? Otto hatte keine Wahl, er mußte die Fahrt zu Ende mitmachen, wie groß auch sein Schreck war. Aber kaum unten angelangt, riß er sein Schlittenseil los und rannte den Berg hinauf. Alle anderen hinter ihm drein, denn fast alle hatten das Geschrei gehört und wollten auch sehen, was los war. An der halben Höhe des Berges stand das Miezchen neben seinem Schlitten und schrie aus allen Kräften und weinte ganze Bäche dazu. Atemlos stürzte Otto nun herzu und rief: »Was hast du? Was hast du?«

»Er hat mich – er hat mich – er hat mich –«, schluchzte Miezchen und kam vor innerer Erregung nicht weiter.

»Was hat er? Wer denn? Wo? Wer?« rief Otto.

»Der Mann dort, der Mann, er hat mich – er hat mich totschlagen wollen und hat mir – und hat mir – furchtbare Worte nachgerufen.«

Soviel kam endlich unter immer neuem Geschrei heraus.

»So sei doch nur still jetzt, hör Miezchen, schrei doch nicht so, er hat dich ja doch nicht totgeschlagen. Hat er dich denn wirklich geschlagen?« fragte Otto ganz teilnehmend, denn er hatte Angst.

»Nein«, schluchzte Miezchen, wieder überwältigt, »aber er wollte, mit einem Stecken – so hat er ihn hochgehalten und hat gesagt: ›Wart du!‹ Und furchtbare Worte hat er mir nachgerufen.«

»So hat er ja eigentlich gar nichts getan«, sagte Otto und atmete beruhigt auf.

»Aber er hat ja – er hat ja – und ihr wart alle schon weit fort, und ich war ganz allein« – und vor Mitleid für sich selbst und über den nachwirkenden Schrecken brach Miezchen noch einmal in lautes Weinen aus.

»Bscht! Bscht!« beschwichtigte Otto, »sei doch still jetzt, ich gehe nun nicht mehr von dir weg. Der Mann kommt nicht mehr, und wenn du nun gleich ganz still sein willst, so geb' ich dir den roten Zuckerhahn vom Christbaum, weißt du?«

Das wirkte. Mit einem Male trocknete Miezchen seine Tränen und gab keinen Laut mehr von sich, denn den großen roten Zuckerhahn vom Christbaum zu haben, war Miezchens allergrößter Wunsch gewesen. Er war aber bei der Teilung auf Ottos Teil gefallen und Miezchen hatte den Verlust nie verschmerzen können. Wie nun alles in Ordnung war und die Kinder den Berg hinaufstiegen, wurde verhandelt, was das denn für ein Mann gewesen sein könne, der das Miezchen habe totschlagen wollen.

»Ach was, totschlagen«, rief Otto dazwischen. »Ich habe schon lange gemerkt, wer es war. Wir haben ja beim Herunterfahren den großen Mann mit dem dicken Stock auch gesehen, er mußte unseren Schlitten in den Schnee hinein ausweichen, das machte ihn böse, und als er dann das Miezi allein antraf, hat er es ein wenig erschreckt und seinen Zorn an ihm ausgelassen.«

Die Erklärung fand allgemeine Zustimmung. Das war ja so natürlich, daß jeder dachte, es sei ihm selber so eingefallen. Daher war die Sache auch gleich völlig vergessen, und es wurde weiter lustig drauflosgeschlittet. Endlich aber mußte auch dies Vergnügen ein Ende nehmen, denn es hatte längst acht Uhr geschlagen, die Zeit, wo aufgebrochen werden sollte. Beim Heimweg schärfte Otto dem Miezchen ein, zu Hause nichts von dem Vorfall zu erzählen, sonst könnte die Mutter Angst bekommen, und dann dürften sie nie mehr im Mondschein schlitten gehen. Den Zuckerhahn solle es gleich haben, doch noch einmal versprechen, nichts zu erzählen. Miezchen versprach hoch und teuer, kein Wort sagen zu wollen. Die Spuren seiner Tränen waren auch längst vergangen und konnten nichts mehr verraten.

Längst schon schliefen Otto und Miezchen auf ihren Kissen, und der rote Zuckerhahn spazierte durch Miezchens Träume und erfüllte sein Herz mit einer so großen Freude, daß es im Schlaf jauchzte. Da klopfte es unten mit solcher Wucht an die Haustür, daß der Oberst und seine Frau vom Tisch auffuhren, an dem sie eben gemütlich gesessen und sich über ihre Kinder unterhalten hatten, und die alte Trine rief in strafendem Ton oben zum Fenster hinaus: »Was ist das für eine Art!«

»Es ist ein großes Unglück passiert«, klang es von unten herauf. »Der Herr Oberst soll doch herunterkommen, sie haben den Schreiner Andres tot gefunden.«

Damit lief der Bote wieder davon. Der Oberst und seine Frau hatten genug gehört, denn auch sie waren zum offenen Fenster geeilt. Sofort warf der Oberst seinen Mantel um und eilte dem Hause des Schreiners zu. Als er in die Stube kam, fand er schon eine Menge Leute da. Man hatte die Polizei und den Gemeindevorsteher geholt, und eine Schar Neugieriger und Teilnehmender war mit ihnen eingedrungen. Andres lag im Blute am Boden und gab kein Lebenszeichen von sich.

»Ist denn jemand zu dem Doktor gelaufen?« fragte der Oberst. »Hier muß vor allem der Doktor her.«

Dahin war niemand gegangen. Da sei ja doch nichts mehr zu machen, meinten die Leute.

»Lauf, was du kannst, zum Doktor!« befahl der Oberst einem Burschen, der dastand. »Sag ihm, ich lass' ihn bitten, er soll sofort kommen.« Dann half er selbst den Andres vom Boden aufheben und in die Kammer hinein in sein Bett legen. Erst jetzt trat der

Oberst an die schwatzenden Leute heran, um zu hören, wie der Vorfall sich ereignet hatte und ob jemand etwas Näheres wisse. Der Müllerssohn trat vor und erzählte, er sei vor einer halben Stunde hier vorbeigekommen, und da er noch Licht gesehen hatte, habe er im Vorbeigehen schnell fragen wollen, ob seine Aussteuersachen auch zur Zeit fertig werden. Er habe die Tür der Stube offenstehend, den Andres tot im Blut liegend am Boden gefunden. Der Matten-Joggi, der dabeistand, habe ihm lachend ein Goldstück entgegengestreckt, als er hereingetreten sei. Er habe dann nach Leuten gerufen, daß der Gemeindevorsteher hinkomme und wer sonst noch dahin gehöre.

Der Matten-Joggi, der so hieß, weil er unten in der Matte wohnte, war ein Verrückter, der damit ernährt wurde, daß ihn die Bauern manchmal mithelfen ließen, Steine und Sand herumzutragen, Obst aufzulesen oder im Winter Holzbündelchen zu machen. Daß er boshafte Taten ausgeübt hätte, hatte man bis jetzt nicht gehört. Der Müllerssohn hatte ihm gesagt, er solle dableiben, bis der Bürgermeister auch noch da sein werde. So stand Joggi noch immer in einer Ecke, hielt seine Faust fest zugeklemmt und lachte halblaut. Jetzt kam der Doktor in die Stube und hinter ihm auch noch der Bürgermeister. Der Gemeindevorstand stellte sich nun mitten in die Stube und überlegte. Der Doktor ging sofort in die Kammer hinein, und der Oberst folgte ihm. Der Doktor untersuchte den unbeweglichen Körper genau.

»Da haben wir's«, rief er auf einmal, »hier auf den Hinterkopf ist Andres geschlagen worden, da ist eine große Wunde.«

»Aber er ist doch nicht tot, Doktor, was sagst du?«

»Nein, nein, er atmet ganz leise, aber er ist bös dran.«

Nun wollte der Doktor allerlei haben, Wasser und Schwämme und Leinen und noch vieles mehr. Die Leute draußen liefen alle durcheinander, suchten und rissen alles von der Wand und aus dem Küchenschrank und brachten Haufen von Sachen in die Kammer hinein, jedoch nichts von dem, was der Doktor brauchte.

»Hier muß eine Frau her, die Verstand hat und weiß, was ein Kranker ist«, rief der Doktor ungeduldig. Alle schrien durcheinander, aber wenn einer eine wußte, so rief ein anderer: »Die kann nicht kommen.«

»Lauf einer auf die Halde«, befahl der Oberst, »meine Frau soll die Trine herunterschicken!« Es lief einer davon.

»Deine Frau wird es dir aber nicht danken«, sagte der Doktor, »denn ich lasse die Pflegerin drei bis vier Tage und Nächte nicht von dem Bett weg.«

»Sei nur unbesorgt«, entgegnete der Oberst, »für den Andreas gäbe meine Frau alles her, nicht nur die alte Trine.«

Keuchend und beladen kam die Trine an, viel schneller, als man es hätte hoffen können, denn sie stand schon lange fertig mit einem großen Korb am Arm. Die Frau Oberst stand neben ihr und lauschte, ob einer gelaufen komme. Sie hatte nicht glauben können, daß der Andres wirklich tot sei, und hatte alles überlegt, was man brauchen könnte, um ihm wiederaufzuhelfen. So hatte sie Schwamm und Verbandzeug, Wein und Öl und warme Flanelle in einen Korb gepackt, und Trine brauchte nur zu rennen, als der Bote kam. Der Doktor war sehr zufrieden.

»Alles fort jetzt, gute Nacht, Oberst, und mach, daß die ganze Bande zum Haus hinauskommt!« rief er und schloß die Tür zu, als der Oberst hinausgetreten war. Der Gemeinderat war noch am Beratschlagen. Als aber der Oberst erklärte, nun müsse gleich alles zum Haus hinaus, so faßten die Männer den Beschluß, zunächst einmal müsse der Joggi eingesperrt werden, dann wolle man weiter sehen. Es mußten also zwei Männer den Joggi in die Mitte nehmen, damit er nicht fortlaufen könne, und ihn zum Armenhaus bringen und in eine Kammer sperren. Der Joggi ging aber ganz willig davon und lachte, und von Zeit zu Zeit guckte er vergnügt in seine Faust hinein.

Gleich am anderen Morgen eilte die Frau Oberst voller Sorge zum Häuschen des Andres hinunter. Trine kam leise aus der Kammer heraus und brachte die frohe Nachricht: Andres sei gegen Morgen schon ein wenig zum Bewußtsein gekommen. Der Doktor sei auch schon dagewesen und habe den Kranken über Erwarten gut gefunden. Er habe aber ihr eingeschärft, daß sie keinen Menschen in die Kammer hineinlasse. Andres dürfe auch noch kein Wort reden, auch wenn er wollte, nicht. Nur der Doktor und die Wärterin sollten vor seine Augen kommen, sagte die Trine voller Amtseifer. Damit war die Frau Oberst sehr einverstanden, und höchst erfreut kehrte sie mit ihren Nachrichten nach Hause zurück.

So vergingen acht Tage. Jeden Morgen ging die Frau Oberst zum Hause des Kranken, um genau Bericht zu bekommen und zu hören, ob etwas fehle, das dann schnell herbeigeschafft werden mußte. Otto und Miezchen mußten jeden Tag aufs neue besänftigt werden, weil sie ihren kranken Freund noch nicht besuchen durften, aber vom Doktor war immer noch keine Erlaubnis gegeben. Die Trine war noch ganz unentbehrlich, wurde auch täglich vom Doktor für ihre sorgfältige Pflege gelobt. Nach Ablauf der acht Tage schlug der Doktor seinem Freunde, dem Oberst, vor, nun einmal den Kranken zu besuchen, zu der Zeit, wo er selbst dort sein werde. Jetzt war der Augenblick gekommen, wo Andres wieder reden durfte, und der Doktor wollte ihn in Gegenwart des Obersten fragen, was er selbst von dem unglücklichen Vorfall wisse. Andres hatte große Freude, dem Oberst die Hand drücken zu dürfen, er hatte ja schon lange gemerkt, woher ihm alles Gute und alle Sorgfalt für sein Wiederaufkommen kam. Dann besann er sich, so gut er konnte, um die Fragen der beiden Herren zu beantworten. Er wußte aber nur folgendes zu sagen: Er hatte seine Summe beisammen, die er jährlich dem Oberst zur Verwahrung brachte. Diese wollte er noch einmal zählen, um seiner Sache sicher zu sein. Er hatte sich am späten Abend hingesetzt, den Rücken zum Fenster und zur Tür. Mitten beim Zählen hörte er jemand hereinkommen. Bevor er aber aufgeschaut hatte, fiel ein furchtbarer Schlag auf seinen Kopf, von da an wußte er nichts mehr. – Also hatte Andres eine Summe Geld auf dem Tisch gehabt. Davon war aber gar nichts mehr gesehen worden, nur das einzige Stück in Joggis Hand. Wo könnte denn das andere Geld hingekommen sein, wenn wirklich Joggi der Übeltäter war? Als Andres hörte, wie der Joggi gefunden worden und nun eingesperrt sei, wurde er ganz unruhig.

»Sie sollten ihn doch gehen lassen, den armen Joggi«, sagte er. »Der tut ja keinem Kinde etwas zuleide, der hat mich nicht geschlagen.«

Andres hatte aber auch auf keinen anderen Menschen den leisesten Verdacht. Er habe keine Feinde, sagte er, und kenne keinen Menschen, der ihm so etwas hätte antun wollen.

»Es kann auch ein Fremder gewesen sein«, sagte der Doktor, indem er die niedrigen Fenster ansah. »Wenn Ihr da beim hellen Licht einen Haufen Geld auf dem Tisch liegen habt und zählt, so kann das jeder von außen sehen und Lust zum Teilen bekommen.«

»Es muß so sein«, sagte der Andres gelassen, »ich habe nie an so etwas gedacht, es war immer alles offen.«

»Es ist gut, daß Ihr noch etwas habt, Andres«, bemerkte der Oberst. »Laßt's Euch nicht zu Herzen gehen. Die Hauptsache ist, daß Ihr wieder gesund werdet.«

»Gewiß, Herr Oberst«, erwiderte Andres, ihm die Hand schüttelnd, die er zum Abschied hinhielt, »ich habe nur zu danken. Der liebe Gott hat mir ja schon viel mehr gegeben, als ich brauche.«

Die Herren verließen den friedlichen Andres, und vor der Tür sagte der Doktor: »Dem ist wohler als dem anderen, der ihn zusammenschlagen wollte.«

Vom Joggi wurde eine traurige Geschichte erzählt, die alle Buben in der Schule beschäftigte und in große Teilnahme versetzte. Auch Otto brachte sie nach Hause und mußte sie jeden Tag ein paarmal wiederholen, denn jedesmal, wenn er daran dachte, machte sie ihm aufs neue einen großen Eindruck. Als man den Joggi an dem Abend lachend ins Armenhaus gebracht hatte, da war er aufgefordert worden, sein Goldstück an seinen Führer, den Sohn des Friedensrichters, abzugeben. Joggi aber klemmte seine Faust noch mehr zusammen und wollte nichts hergeben. Doch die beiden waren stärker als er. Sie rissen ihm mit Gewalt die Faust auf, und der Friedensrichterssohn, der manchen Kratz von dem Joggi während der Arbeit erhalten hatte, sagte, als er das Goldstück endlich in Händen hatte: »So, jetzt wart nur, Joggi, du wirst schon deinen Lohn bekommen. Wart nur, bis sie kommen, sie werden dir's dann schon zeigen.«

Da hatte der Joggi angefangen, furchtbar zu schreien und zu jammern, denn er glaubte, er werde geköpft. Seitdem aß er nicht und trank nicht und stöhnte und jammerte immer, denn die Furcht und Angst vor dem Köpfen verfolgte ihn beständig. Schon zweimal waren der Bürgermeister und der Gemeindevorsteher bei ihm gewesen und hatten ihm gesagt, er solle nur alles sagen, was er getan habe, er werde nicht geköpft. Er konnte nichts anders sagen, als daß er beim Andres ins Fenster geschaut habe, und der habe am Boden gelegen. Da sei er zu ihm hineingegangen und habe ihn ein wenig gestoßen, da sei er tot gewesen. Dann habe er in einer Ecke etwas glänzen sehen und habe es geholt, und dann sei der Müllerssohn gekommen und dann noch viele. Hatte der Joggi soviel gesagt, so fing er wieder zu stöhnen an und hörte nicht mehr auf.

Wie es dem Kranken und jemandem besser ging

Seit dem Tage, wo der Oberst den Andres besucht hatte, blieb seine Frau nicht mehr draußen in der Stube, wenn sie kam, um nach dem Kranken zu sehen. Täglich ging sie nun zu ihm hinein, setzte sich eine Weile zu einer gemütlichen kleinen Unterhaltung an sein Bett und freute sich jedesmal über die Fortschritte der Genesung. Zweimal schon waren auch Otto und Miezchen dagewesen und hatten ihrem Freunde allerlei Stärkungen gebracht, und Andres sagte ganz gerührt zu der Trine: Wenn ein König krank wäre, könnte man ihm nicht mehr Teilnahme zeigen. Der Doktor war sehr zufrieden mit dem Verlauf der Sache, und als er einmal beim Herauskommen auf den hereintretenden Oberst traf, sagte er zu ihm:

»Es geht vortrefflich. Deine Frau kann nun ihre Trine wieder heimnehmen, die hat gute Dienste geleistet. Nur sollte für eine kurze Zeit noch jemand dasein oder herkommen. Der arme verlassene Kerl muß doch essen und hat keine Frau und kein Kind und gar nichts. Vielleicht weiß deine Frau Rat.«

Der Oberst richtete seinen Auftrag aus, und am nächsten Morgen setzte sich seine Frau bei ihrem Besuch am Bette des Andres zurecht und sagte:

»Jetzt muß ich etwas mit Euch besprechen, Andres. Ist es Euch recht?«

»Gewiß, gewiß, mehr als recht«, erwiderte er und stützte seinen Kopf auf den Ellbogen, um gut zuhören zu können.

»Ich will nun die Trine wieder heimkommen lassen, weil es schon so gut geht.«

»Ach, Frau Oberst, glauben Sie mir«, fiel der Andres ein, »ich wollte sie jeden Tag heimschicken. Ich weiß ja gut, wie sie Ihnen fehlen mußte.«

»Ich hätte sie nicht hereingelassen, wenn sie Euch gefolgt hätte«, fuhr die Frau Oberst fort. »Jetzt ist es anders, weil der Doktor sie entläßt. Er sagte aber, was ich auch längst dachte, jemand solltet Ihr haben, wenigstens noch für ein paar Wochen, der Euch das Essen macht oder es doch bei mir holt, und für allerlei kleine Hilfsleistungen. Ich habe nun gedacht, Andres, wenn Ihr für diese Zeit das Wiseli zu Euch nähmt.«

Kaum hatte Andres den Namen gehört, als er von seinem Ellbogen auf in die Höhe schoß.

»Nein, nein, Frau Oberst, nein, bestimmt nicht«, rief er und wurde vor Anstrengung ganz rot. »So etwas können Sie nicht denken. Ich sollte hier drinnen im Bett liegen, und draußen in der Küche sollte das schwache Kindlein für mich arbeiten! Ach, ums Himmels willen, wie dürfte ich noch an seine Mutter unter dem Boden denken, wie sähe sie mich an, wenn sie so etwas wüßte. Nein, nein, Frau Oberst, meiner Lebtag nicht, lieber nicht essen, lieber nicht mehr gesund werden, als so etwas tun.«

Die Oberstin hatte ihn ganz ruhig fertigreden lassen. Jetzt, wo er sich auf seine Kissen zurücklegte, sagte sie beruhigend:

»Es ist nicht so schlimm, was ich überlegt habe, Andres, denkt jetzt nur ruhig ein wenig nach. Ihr wißt ja, wo das Wiseli versorgt ist. Denkt Ihr, es habe dort nichts zu tun oder nur besonders leichte Arbeit? Recht tüchtig muß es dran und bekommt sowenig freundliche Worte dazu. Würdet Ihr ihm vielleicht auch keine geben? Wißt Ihr, was Wiselis Mutter tun würde, wenn sie jetzt neben uns stünde? Mit Tränen dankte sie Euch, wenn Ihr das Kind jetzt in Euer Haus nähmt, wo es gute Tage hätte, das weiß ich genau, und Ihr sollt sehen, wie gern es die kleinen Dienstleistungen für Euch täte.«

Jetzt schien dem Andres auf einmal alles anders vorzukommen. Er wischte sich die Augen, dann sagte er kleinlaut:

»Ach, ach! Wie könnte ich aber zu dem Kinde kommen? Sie geben es bestimmt nicht weg, und dann müßte man ja doch auch wissen, ob es wolle.«

»Es ist jetzt schon gut, kümmert Euch nicht weiter darum, Andres«, sagte die Frau Oberst fröhlich und stand von ihrem Sessel auf. »Ich will nun selbst sehen, wie's geht, denn mir liegt die Sache nach allen Seiten hin am Herzen.«

Damit nahm sie von Andres Abschied. Als sie aber schon vor der Tür war, rief er ihr noch einmal ängstlich nach:

»Aber nur, wenn es will, das Wiseli, nur, wenn es will, bitte, Frau Oberst!«

Sie versprach noch einmal, das Kind sollte nur freiwillig kommen oder gar nicht, und verließ das Haus. Sie ging aber nicht den Berg hinauf, sondern hinunter, dem Buchenrain zu, denn sie wollte sogleich versuchen, das Wiseli dahin zu bringen, wo sie es so gern haben wollte.

Am Buchenrain angekommen, traf die Frau Oberst gerade mit dem Vetter-Götti zusammen, wie er ins Haus hineingehen wollte. Er begrüßte sie, ein wenig erstaunt über den Besuch, und sie sagte ihm gleich beim Eintreten in die Stube, warum sie gekommen sei und wie sehr sie hoffe, keinen Korb zu bekommen. Es läge ihr sehr viel daran, daß das Wiseli die Pflege zu Ende führe, was es auch schon könne. Da die Base in der Küche die Unterhaltung hörte, kam sie auch herein und war noch erstaunter als ihr Mann, den Besuch vorzufinden. Er erklärte ihr, warum die Frau Oberst gekommen sei, und sie meinte gleich, das sei nichts, von dem Kinde könne niemand eine besondere Hilfe erwarten. Da sagte aber der Mann: Was recht sei, müsse man gelten lassen. Das Wiseli könne helfen, wo es sei, es sei anstellig bei allen Dingen. Er ließe das Kind nicht einmal gern fort, denn es sei folgsam und gelehrig. So für vierzehn Tage wolle er nichts dagegen haben, daß es den Andres ein wenig pflege. Bis dahin werde er wohl wieder auf sein, damit es heim könne, denn länger könne es dann nicht fort bleiben, dann kämen schon so allerhand Arbeiten, die es machen müsse, denn da wäre schon für den Frühling zu rüsten.

»Ja, ja«, setzte jetzt die Frau ein, »es fällt mir nicht ein, immer wieder mit ihm von vorn anzufangen. Jetzt habe ich ihm alles mit Mühe gezeigt, das kann es nun anwenden. Der Andres soll nur selber eins aufziehen, wenn er eins braucht.«

»Ja, wegen vierzehn Tage«, sagte der Mann beschwichtigend, »deshalb wollen wir auch nichts sagen. Man muß einander schon etwas zu Gefallen tun.«

»Ich danke Euch für den Gefallen«, sagte nun die Frau Oberst, indem sie aufstand. »Der Andres wird Euch gewiß auch recht dankbar sein. Kann ich das Wiseli gleich mitnehmen?«

Die Base murrte etwas, es werde nicht so eilig sein, aber der Mann fand es am besten so. Je schneller es gehe, desto früher sei es wieder da, meinte er, denn er hielt durchaus an den vierzehn Tagen fest. Wiseli wurde herbeigerufen, und Vetter-Götti sagte ihm, es solle schnell sein Bündelchen Kleider zusammenmachen, weiter nichts. Wiseli gehorchte sofort, fragen durfte es nicht, warum. Seit es das Bündelchen in das Haus gebracht hatte, war nun gerade ein Jahr verflossen. Es war nichts Neues hinzugekommen als sein schwarzes Röcklein, das hatte es an. Es war aber inzwischen abgetragen und hing in Fetzen an dem Kinde herab. Wiseli schaute ein wenig scheu die Frau Oberst an, als es nun mit seinem leichten Bündelchen dastand. Sie verstand den schüchternen Blick und sagte:

»Komm nur, Wiseli, wir gehen nicht weit, es geht schon so.«

Dann nahm sie schnell Abschied von den Leuten, und als Wiseli dem Vetter-Götti die Hand gab, sagte er:

»Du kommst bald wieder heim, es ist nicht für immer.«

Jetzt trippelte das Wiseli schweigend und sehr verwundert hinter der Frau Oberst her, die rasch über den beschneiten Feldweg schritt,

so, als fürchte sie, man könnte sie mit dem Wiseli wieder zurück-
holen. Als aber der Buchenrain gar nicht mehr zu sehen war, da
drehte sie sich um und stand still.

»Wiseli«, sagte sie freundlich, »kennst du den Schreiner Andres?«

»Ja, freilich«, antwortete Wiseli, und seine Augen leuchteten auf,
als es den Namen hörte. Die Frau Oberst war ein wenig erstaunt.

»Er ist krank«, fuhr sie fort. »Willst du ihn ein wenig pflegen
und für ihn tun, was nötig ist, und vielleicht vierzehn Tage bei ihm
bleiben?«

Mehr als Wiselis schnelle und kurze Antwort: »Ja, gern!« sagte
der Frau Oberst sein Gesicht, das ganz von Freudenröte übergossen
wurde. Die Oberstin sah das gern, doch wunderte sie sich, daß
Wiseli eine so besondere Freude zeigte, denn sie wußte nichts von
seinem Erlebnis mit dem Andres, aber das Wiseli hatte es nie vergessen. Sie gingen nun wieder weiter. Nach einer Weile fügte die
Frau Oberst noch hinzu:

»Du mußt es dann dem Schreiner Andres auch sagen, daß du
so gern zu ihm gekommen bist, Wiseli, er glaubt es sonst nicht,
vergiß es nicht!«

»Nein, nein«, versicherte das Kind, »ich denke schon daran.«

Nun waren sie bei dem Hause angekommen. Hier hielt die Frau
Oberst es für gut, das Wiseli seinen Weg allein machen zu lassen.
Nach allem, was sie bemerkt hatte, konnte es ihm nicht schwer
werden, ihn zu finden. Sie verabschiedete das Kind an der Ecke
und sagte ihm, am Morgen werde sie wieder herunterkommen und
sehen, wie es ihm in dem neuen Haushalt gehe. Wenn der Schreiner
Andres etwas brauche, das nicht da sei, so solle es zu ihr kommen.
Wiseli schritt nun getrost durch das Gärtchen und machte die
Haustür auf. Es wußte, daß der Andres drinnen in der Kammer
hinter der Stube liege. So trat es leise in die Stube ein. Da war
niemand drin, aber es war noch von der alten Trine her schön
aufgeräumt. Es schaute sich alles gut an, wie es sein müsse. An der

Wand hinten in der Stube stand schön ordentlich und zu einem guten Bett zurechtgemacht das große hölzerne Lager, das man die Kutsche nennt. Der Vorhang war fast zugezogen, aber Wiseli konnte doch sehen, wie schön und sauber es aussah, und es überlegte sich, wer da wohl schlafe. Jetzt klopfte es leise an die Kammertür, und auf den Ruf des Andres trat es ein und blieb ein wenig scheu an der Tür stehen. Andres richtete sich in seinem Bett auf, um zu sehen, wer da sei.

»Ach, ach«, sagte er, halb erfreut und halb erschrocken, »bist du es, Wiseli? Komm, gib mir die Hand.« Wiseli gehorchte.

»Bist du auch nicht ungern zu mir gekommen?«

»Nein, nein«, antwortete Wiseli zuversichtlich. Allein der Schreiner Andres war noch nicht beruhigt.

»Ich denke nur, Wiseli«, fuhr er wieder fort, »du wärest vielleicht lieber nicht gekommen, doch die Frau Oberst ist so gut, und du hast ihr vielleicht einen Gefallen tun wollen.«

»Nein, nein«, versicherte Wiseli noch einmal, »sie hat gar nicht gesagt, daß es für sie ein Gefallen sei. Sie hat mich gefragt, ob ich gehen wolle, und ich wäre auf der ganzen Welt nirgends so gern hingegangen wie zu Euch.«

Diese Worte mußten den Andres ganz beruhigt haben. Er fragte nichts mehr, er legte seinen Kopf auf sein Kissen zurück und schaute stumm das Wiseli an. Dann mußte er sich auf einmal umdrehen und immer wieder seine Augen wischen.

»Was soll ich jetzt tun?« fragte Wiseli, als er sich immer noch nicht umdrehte. Jetzt wandte er sich um und sagte mit dem freundlichsten Ton:

»Ich weiß es gewiß nicht, Wiseli. Tu du nur, was du willst, wenn du nur ein wenig bei mir bleiben willst.«

Wiseli wußte gar nicht, wie ihm geschah. Seit es seine Mutter zum letzten Male gehört, hatte niemand mehr so zu ihm geredet. Es war gerade, als spüre es die Liebe seiner Mutter in Andres

Worten und Art wieder. Es mußte mit beiden Händen seine Hand nehmen, so wie es oft die Mutter gefaßt hatte, und so stand es eine Weile an dem Bett. Es war ihm so wohl, daß es gar nichts sagen konnte, aber es dachte: »Jetzt weiß es die Mutter auch und hat eine Freude.«

Genau so dachte der Andres mit stillem Glück in seinem Herzen: »Jetzt weiß es die Mutter auch und hat eine Freude.«

Dann sagte auf einmal das Wiseli:

»Jetzt muß ich Euch bestimmt etwas kochen, es ist schon über Mittag. Was soll ich kochen?«

»Koch du nur, was du willst«, sagte der Andres. Aber dem Wiseli war es darum zu tun, dem Kranken die Sache schön zu machen, und es fragte so lange hin und her, bis es gemerkt hatte, was er essen wolle. Eine gute Suppe und ein Stück von dem Fleisch, das im Schrank war, und dann bestand er darauf, das Wiseli solle noch für sich einen Milchbrei kochen. Es wußte recht gut in der Küche Bescheid, denn es hatte wirklich bei der Base etwas gelernt, wenn auch unter harten Worten, das konnte es nun doch gut gebrauchen. So hatte es in kurzer Zeit alles bereitgemacht, und der Kranke wünschte, daß es ein Tischchen an sein Bett rücke und sich zum Essen neben ihn setze, damit er auch sehen könne und wisse, daß es noch da sei. Ein so vergnügtes Mittagsmahl hatte Wiseli lange nicht gegessen, und auch der Schreiner Andres nicht. Als sie damit zu Ende waren, stand das Kind auf, aber der Andres sah das nicht gern und sagte:

»Wohin willst du, Wiseli? Willst du nicht noch ein wenig dableiben, oder wird es dir ein bißchen langweilig bei mir?«

»Nein, bestimmt nicht«, versicherte Wiseli. »Doch nach dem Essen muß man immer aufwaschen und alles wieder sauber aufräumen.«

»Ich weiß schon, wie man's macht«, gestand Andres. »Ich habe gedacht, heute nur, so zum ersten Male, könntest du ja nur alles zusammenstellen und dann vielleicht morgen einmal aufwaschen.«

»Wenn aber die Frau Oberst das sähe, so müßte ich mich fast zu Tode schämen«, und Wiseli machte ein recht ernstes Gesicht zu seiner Versicherung.

»Ja, ja, du hast recht«, beschwichtigte nun Andres. »Mach nur alles, wie du meinst, und so, wie es recht ist.«

Nun ging das Wiseli an seine Arbeit und putzte und räumte und ordnete, daß alles in seiner Küche glänzte. Dann stand es einen Augenblick still und schaute ringsum und sagte sehr befriedigt: »So, nun kann die Frau Oberst kommen.« Dann kam es wieder in die Stube hinein und warf einen fröhlichen Blick auf das schöne, große Bett hinter dem Vorhang, denn der Schreiner Andres hatte ihm gesagt, da sollte es schlafen. Der kleine Schrank in der Ecke gehöre ihm auch, da könne es alles hineinräumen, was ihm gehöre. Es legte nun die Sachen aus seinem Bündelchen alle ordentlich hinein, das war auch sehr schnell getan, denn es war wenig darin. Nun ging es und setzte sich voller Freuden wieder an das Bett des Kranken, der schon lange nach der Tür geschaut hatte, ob es nicht komme. Kaum war es wieder an dem Bett, so fragte es: »Habt Ihr auch einen Strumpf, an dem ich stricken kann?«

»Nein, nein«, antwortete Andres, »du hast ja jetzt gearbeitet, und wir wollen nun ein wenig vergnügt zusammen über allerlei reden.«

Aber Wiseli war gut geschult worden, zuerst in Freundlichkeit von der Mutter, und dann von der Base mit Worten, die auch nicht vergessen wurden, vor lauter Furcht, sie wieder zu hören. Es sagte ganz überzeugt:

»Ich darf nicht nur so dasitzen, weil es doch nicht Sonntag ist, aber ich kann beides, reden und an dem Strumpf stricken.«

Das gefiel dem Andres nun auch wieder, und er ermunterte das Wiseli von neuem, nur immer zu tun, was es meine. Einen Strumpf könne es auch holen, wenn es wolle, er habe freilich keinen. Nun holte das Wiseli seinen und setzte sich damit wieder an das Bett, und es hatte recht gehabt, es konnte gut reden und stricken miteinander. Der Schreiner Andres hatte aber auch gleich ein Gespräch angefangen, das dem Wiseli das allerliebste war. Er hatte gleich von der Mutter zu reden begonnen, und Wiseli hatte so gern weitergeredet, denn noch nie und mit keinem Menschen hatte es von seiner Mutter reden können. Dabei dachte es doch immer an sie und an alles, was es mit ihr erlebt hatte. Nun wollte der Schreiner Andres so gern von allem wissen, immer noch mehr, und das Wiseli wurde immer wärmer und erzählte fort und fort, als könne es nicht mehr aufhören. Der Andres hörte mit so gespannter Aufmerksamkeit zu, als wolle er am liebsten nicht mehr aufhören, ihm zu lauschen.

So verging nun dem Wiseli ein Tag nach dem anderen. Für jeden geringsten Dienst, den es leistete, dankte ihm der Andres, als ob es ihm die größte Wohltat erwiesen hätte. Was es nur tat, gefiel dem guten Mann, und er mußte es dafür loben. Er wurde in wenigen Tagen bei der Pflege so frisch und munter, daß er durchaus aufstehen wollte. Der Doktor war ordentlich erstaunt, wie gut es ihm ging und wie fröhlich und wohlgemut auf einmal der Schreiner Andres aussah. Er saß nun den ganzen Tag am Fenster, wo die Sonne hinkam, und schaute dem Wiseli auf Schritt und Tritt nach, so als ob er es nie genug sehen könnte, wie es einen Schrank aufmachte und dann wieder zu, und es ihm unter den Händen alles so sauber und ordentlich wurde, wie er es vorher nie gesehen hatte oder doch glaubte, es nie gesehen zu haben. Dem Wiseli aber war es in dem stillen Häuschen so wohl, wo es nur liebevolle Worte hörte, und unter den freundlichen Augen, die es immerfort begleiteten, daß es gar nicht daran denken durfte, wie schnell die vierzehn Tage zu Ende gingen und es wieder nach dem Buchenrain zurückkehren mußte.

Es geschieht etwas Unerwartetes

In dem Hause auf der Halde wurde viel vom Schreiner Andres und dem Wiseli gesprochen. Jeden Morgen ging die Frau Oberst, um nachzusehen, wie es um den Kranken stünde, und jedesmal brachte sie wieder einen guten Bericht nach Hause. Das brachte alle zusammen in die freudigste Stimmung, und Otto und Miezchen machten einen Plan, wie ein großes Genesungsfest in des Schreiners Andres Stube gefeiert werden müßte, solange Wiseli noch da war. Das sollte eine Hauptfreude und für Andres und Wiseli eine große Überraschung werden. Es mußte aber noch vorher ein Fest gefeiert werden, denn heute war Vaters Geburtstag. Schon am frühen Morgen hatten allerlei von Otto und Miezchen ausgedachte Feierlichkeiten stattgefunden, doch das Wichtigste des Tages war jetzt gekommen, wo es zur Mittagstafel ging. Ganz feierlich hatten Otto und Miezchen sich schon in großer Erwartung aller der Dinge, die da kommen sollten, hingesetzt. Nun erschienen auch Vater und Mutter, und das frohe Mahl nahm seinen Anfang. Nachdem das erste Gericht vergnügt verzehrt worden war, erschien eine zugedeckte Schüssel. Das war entschieden das Geburtstagsgericht. Der Deckel wurde aufgehoben, und ein prächtiger Blumenkohl stand da, so frisch, als hätte man ihn eben im Garten geholt.

»Das ist ja eine prächtige Blume«, sagte der Vater, »die muß man loben. Aber eigentlich«, fuhr er etwas enttäuscht fort, »suchte ich unter dem Deckel etwas anderes, Artischocken suchte ich. Kann man die nicht auch irgendwo wie Blumenkohl finden? Du weißt, liebe Marie, ich schaue an gedeckten Tischen nach keinem anderen Gerichte so aus wie nach Artischocken.«

Mit einem Male schrie das Miezchen auf:

»Eben! Eben! Geradeso hat er mich gerufen, zweimal, furchtbar, und so hat er den Stecken aufgehoben und so« – und Miezchen fuhr mit ihren Armen ganz aufgeregt in der Luft herum – aber urplötzlich schwieg sie und fuhr schnell mit ihren Armen herunter bis unter den Tisch und war blutrot geworden. Ihr gegenüber saß Otto mit zornigen Augen und schoß flammende Blicke zu Miezchen hinüber.

»Was ist das für eine seltsame Verherrlichung meines Geburtstages?« fragte der Vater voller Staunen, »über den Tisch hin schreit meine Tochter, als wolle man sie umbringen, und unter dem Tisch versetzt mir mein Sohn so entsetzliche Stiefelstöße, daß ich blaue Flecken bekomme. Ich möchte wissen, Otto, wo du diese angenehme Unterhaltung gelernt hast.«

Jetzt war die Reihe an Otto, bis unter die Haare hinauf feuerrot zu werden. Er hatte dem Miezchen unter dem Tisch einige deutliche Mahnungen zeigen wollen, daß es schweigen solle, hatte aber den unrechten Platz getroffen und mit seinem Stiefel des Vaters Bein bearbeitet. Das hatte Otto nun entdeckt; er durfte nicht mehr aufschauen.

»Nun, Miezchen«, fing der Vater wieder an, »was ist denn aus deiner Räubergeschichte geworden, du kamst ja gar nicht zu Ende. Also, ›Artischocke‹ hat der furchtbare Mann dich genannt und den Stecken erhoben und dann?«

»Dann, dann«, stotterte Miezchen kleinlaut – denn es hatte begriffen, daß es auf einmal alles verraten hatte und daß der Otto den Zuckerhahn zurückfordern werde – »dann hat er mich doch nicht totgeschlagen.«

»So, das war nett von ihm«, lachte der Vater, »und dann weiter?«

»Dann weiter nichts mehr«, wimmerte Miezchen.

»So, so, die Geschichte nimmt also ein fröhliches Ende. Der Stecken bleibt in der Luft, und Miezchen geht als kleine Artischocke nach Hause. Jetzt wollen wir gleich auf alle wohlgeratenen Artischocken anstoßen und auf des guten Schreiners Andres Gesundheit!«

Damit hob der Vater sein Glas, und die Tischgesellschaft stimmte ein. Es standen aber alle ein wenig still vom Tisch auf, denn in jedem waren allerlei schwere Gedanken aufgestiegen, nur der Vater blieb unangefochten, setzte sich zu seiner Zeitung und steckte eine Zigarre an. Otto schlich ins andere Zimmer hinüber, drückte sich in eine Ecke und dachte darüber nach, wie es sein werde, wenn alle anderen wieder im Mondschein Schlitten führen und er nie mehr dabeisein dürfte, denn er wußte, daß die Mutter dies von nun an verbieten würde. Miezchen kroch ins Schlafzimmer hinein, kauerte sich neben dem Bett auf das Schemelchen nieder, nahm den roten Zuckerhahn auf den Schoß und war sehr traurig, daß es ihn zum letzten Male sehen sollte. Die Mutter blieb eine Zeitlang stumm und sinnend am Fenster stehen und bewegte Gedanken in ihrem Herzen hin und her, die sie immer mehr und aufregender beschäftigen mußten. Auf einmal fing sie an, im Zimmer hin und her zu gehen, und plötzlich verließ sie es und lief hierhin und dahin, das Miezchen suchend. Sie fand es endlich noch hinter seinem Bett auf dem Schemel sitzend, in seine traurigen Betrachtungen versunken.

»Miezchen«, sagte die Mutter, »jetzt erzähl mir mal richtig, wo und wann ein Mann dir drohte und was er dir nachgerufen hat.«

Miezchen erzählte, was es wußte, es kam aber nicht viel mehr heraus, als es schon gesagt hatte. Nachgerufen hatte ihm der Mann das Wort, das der Papa bei Tisch gesagt hatte, behauptete es. Die Mutter kehrte in das Zimmer zurück, wo der Vater saß, ging gleich zu ihm heran und sagte erregt:

»Ich muß es dir wirklich sagen, es kommt mir immer wahrscheinlicher vor.«

Der Oberst legte seine Zeitung weg und schaute seine Frau erstaunt an.

»Siehst du«, fuhr diese fort, »die Szene am Tisch hat mir mit einem Male einen Gedanken erweckt, und je mehr ich ihn verfolge, desto fester gestaltet er sich vor meinen Augen.«

»Setz dich doch und teil ihn mir mit«, sagte der Oberst, sehr neugierig geworden. Seine Frau setzte sich neben ihn hin und fuhr fort:

»Du hast Miezchens Aufregung gesehen, sie war sichtlich von dem Mann erschreckt worden, von dem sie sprach, es war kein Spaß gewesen. Darum ist es klar, daß er das Kind nicht ›Artischocke‹ genannt hat. Wird er es nicht viel eher ›Aristokratin‹ oder ›Aristokratenbrut‹ genannt haben? Du weißt, wer uns früher diesen Titel nachrief, meinem Bruder und mir. Gerade habe ich von Miezchen gehört, daß der Vorfall sich an dem Abend ereignet hatte, wo die Kinder im Mondschein auf der Schlittbahn waren. An demselben Abend noch wurde Andres halb erschlagen gefunden. Seit Jahren war der unheimliche Jörg verschwunden, und im ersten Augenblick, wo man wieder Spuren von ihm hat, geschieht die Gewalttätigkeit an seinem Bruder, dem kein anderer je etwas zuleide getan hat als er. Macht dir das nicht auch Gedanken?«

»Wahrhaftig, da könnte was dran sein«, entgegnete der Oberst nachdenklich. »Da muß ich sofort handeln.«

Er stand auf, rief nach seinem Knecht, und wenige Minuten danach fuhr er im scharfen Trab zur Stadt hinunter. Von da an fuhr der Oberst jeden Tag einmal zur Stadt, um zu hören, ob Berichte eingegangen seien. Am vierten Tage, als er am Abend nach Hause kam und seine Frau noch an Miezchens Bett saß, ließ er sie schnell rufen, denn er hatte ihr Wichtiges zu erzählen. Sie setzten sich dann zusammen, und der Oberst teilte seiner Frau mit, was er in der Stadt gehört hatte: Auf seine Aussagen hin hatte die Polizei sogleich heimlich nach dem Jörg gesucht. Er war ohne große Mühe gefunden worden, denn er war ganz sicher, daß kein Mensch ihn gesehen hatte, weil er nur des Nachts in sein Dorf gekommen und gleich wieder verschwunden war. So war er zunächst nur zur Stadt hinuntergegangen und hatte sich in den Wirtshäusern herumgetrieben. Als er nun festgenommen und verhört wurde, leugnete er zuerst alles. Als er aber hörte, der Oberst Ritter habe schlagende Beweise gegen ihn vorzubringen, da entfiel ihm der Mut, denn er dachte, der Oberst müsse ihn gesehen haben, anders wäre es unmöglich, daß er gerade auf ihn gekommen war, da er eben erst aus neapolitanischen Kriegsdiensten zurückgekommen war. Daß ein einziges Wort, das er einem kleinen Kinde nachgerufen, ihn hatte verraten können, davon ahnte er nichts. Er fing dann an, furchtbar auf den Obersten zu schimpfen, und sagte, er habe immer gewußt, diese Aristokratenbrut werde ihn noch ins Unglück bringen. Im weiteren Verhör gestand er dann, er habe seinen Bruder aufsuchen und Geld von ihm haben wollen. Als er ihn durch das erleuchtete Fenster erblickte, wie er gerade eine gute Summe Geld vor sich liegen hatte, kam ihm der Gedanke, den Andres niederzuschlagen und das Geld zu nehmen. Töten habe er ihn nicht gewollt, nur ein wenig bewußtlos machen, damit er ihn nicht erkenne. Der größte Teil der Summe wurde noch bei ihm gefunden. Sie wurde ihm abgenommen und der Jörg dann in den Turm gesetzt.

Als dieser Vorgang bekannt wurde, gab es eine ungeheure Aufregung im ganzen Dorfe, denn eine solche Geschichte war noch nicht vorgefallen, seit es stand. Besonders in der Schule geriet alles aus der Ordnung, so stark beteiligten sich alle Schüler an der aufregenden Begebenheit. Otto war einige Tage ganz außer Atem, da er beständig da- und dorthin zu laufen hatte, wo noch mehr von der Sache zu hören war. Am dritten Abend nach der Verbreitung der Nachricht kam er aber so nach Hause gestürzt, daß ihn die Mutter ermahnen mußte, erst einen Augenblick stillzusitzen, weil er vor Atemlosigkeit kein Wort hervorbrachte und doch durchaus wieder eine Neuigkeit erzählen wollte. Endlich konnte er sie in Worte fassen. Man hatte den Joggi, der bis dahin eingesperrt geblieben war, herausholen wollen, aber der arme Tropf hatte immerfort seine große Angst beibehalten, und nun glaubte er, man hole ihn zum Köpfen ab, und weigerte sich furchtbar, die Kammer zu verlassen. Dann hatten ihn zwei Männer mit aller Gewalt herausgeschleppt, er hatte aber so geschrien und getan, daß alle Leute herbeiliefen. Nun hatte er sich noch mehr gefürchtet, und auf einmal, nachdem er herausgekommen, war er wie ein Pfeil davongeschossen und in die nächste Scheune hinein in den hintersten Winkel des Stalles. Da hockte er ganz zusammengekrümmt mit einem furchtbar erschrockenen Gesicht, und kein Mensch konnte ihn von der Stelle bringen. Schon seit gestern hockte er so ohne Bewegung, und der Bauer hatte gesagt, wenn er nicht bald aufstünde, wolle er ihn mit der Heugabel fortbringen.

»Das ist ja eine sehr traurige Geschichte, Kinder«, sagte die Mutter, als Otto zu Ende erzählt hatte. »Der arme Joggi! Was muß er nun in seiner Angst leiden, die ihm niemand nehmen kann, weil er nicht versteht, was man ihm erklären könnte. Der arme, gutmütige Joggi ist ja ganz unschuldig. Ach, Kinder, hättet ihr mir doch gleich das ganze Erlebnis erzählt, als ihr am Abend von der Schlittenbahn kamt. Euer Verheimlichen hat recht Trauriges zur Folge gehabt. Könnten wir doch den armen Menschen trösten und wieder fröhlich machen!«

Das Miezchen war ganz weich geworden. »Ich will ihm den roten Zuckerhahn geben«, schluchzte es.

Auch Otto war ein wenig zerknirscht. Er sagte zwar etwas verächtlich: »Ja noch gar einem erwachsenen Menschen einen Zuckerhahn geben! Behalt du den nur für dich.« Aber dann bat er die Mutter, ihm und Miezchen zu erlauben, dem Joggi etwas zu essen in den Stall zu bringen. Er hatte gar nichts gehabt, seit er dort hockte, zwei ganze Tage lang.

162

Das erlaubte die Mutter gern, und es wurde sogleich ein Korb geholt und Wurst, Brot und Käse hineingesteckt. Dann gingen die Kinder den Berg hinunter, dem Stalle zu.

Mit einem ganz weißen, erschreckten Gesicht kauerte Joggi hinten im Winkel und rührte sich nicht. Die Kinder kamen ein wenig näher. Otto zeigte dem Zusammengekrümmten den offenen Korb und sagte:

»Komm hervor, Joggi, komm, das ist alles für dich zum Essen.«

Joggi bewegte sich nicht.

»Komm doch, Joggi«, mahnte Otto weiter, »siehst du, sonst kommt der Bauer und sticht dich mit der Heugabel hervor.«

Joggi stieß einen erschreckten Ton aus und krümmte sich noch enger zusammen in den Winkel hinein, wie in ein Loch.

Jetzt ging Miezchen vorwärts und kam nahe an den Joggi heran, hielt den Mund an sein Ohr und flüsterte hinein: »Komm du nur mit mir, Joggi, sie dürfen dich nicht köpfen, der Papa hilft dir schon, und siehst du, das Christkindlein hat dir einen roten Zuckerhahn gebracht.« Und Miezchen nahm ganz heimlich den Zuckerhahn aus seiner Tasche und steckte ihn dem Joggi zu.

Diese heimlichen Trostesworte hatten eine wunderbar wirksame Kraft. Der Joggi schaute das Miezchen ganz ohne Schrecken an, dann schaute er auf seinen roten Zuckerhahn und fing an zu lachen, was er seit vielen Tagen nicht mehr getan hatte. Jetzt stand er auf, und nun ging Otto voran aus dem Stall heraus, dann kam das Miezchen und ihm folgte der Joggi auf dem Fuß. Draußen aber, als Otto dem Joggi sagte: »Das kannst du mitnehmen, wir gehen nun heim und du auch, dort hinunter« – da schüttelte Joggi den Kopf und stellte sich hinter das Miezchen. So gingen alle drei weiter, der Halde zu, der Otto voran, dann Miezchen, dann der Joggi. Die Mutter sah den Zug herankommen, und ihr Herz war recht erleichtert, als sie sah, wie der Joggi hinter dem Miezchen herschritt, den roten Zuckerhahn in der Hand hielt und immerfort vergnügt lachte. So traten die drei ins Haus und in die Stube, und hier holte das Miezchen schnell einen Stuhl, nahm den Eßkorb zur Hand und winkte dem Joggi, daß er komme. Als er dann am Tisch saß, legte es alles, was im Korb war, vor ihn hin und sagte beschützend:

»Iß du jetzt nur, Joggi, iß nur alles auf und sei wieder recht fröhlich.« Da lachte der Joggi und aß die beiden großen Würste und das ganze Brot und das mächtige Stück Käse ganz auf und zum Schluß noch die Krumen. Den roten Zuckerhahn hielt er inzwischen mit seiner linken Hand fest und schaute ihn von Zeit zu Zeit an und lachte unbeschreiblich vergnügt. Wurst und Brot hatte er wohl schon öfter bekommen, aber einen roten Zuckerhahn hatte ihm in seinem ganzen Leben noch nie jemand geschenkt. Endlich ging der Joggi die Halde hinunter. Voller Freuden schauten die Mutter, Otto und Miezchen ihm nach. Er hielt seinen Zuckerhahn bald in der einen, bald in der anderen Hand, lachte immerzu und hatte seinen Schrecken völlig vergessen. –

Seit drei Tagen hatte die Frau Oberst den Schreiner Andres nicht besucht. Es hatte sich so vieles in diesen Tagen ereignet, daß sie gar nicht verstand, wie die Zeit vergangen war. Aber sie konnte ja ruhig sein, sie wußte, daß der Andres gut verpflegt und versorgt und auf dem besten Wege der Genesung war.

Ihr Mann hatte gleich am Morgen nach seiner Rückkehr aus der Stadt den Andres besucht, um ihm die Entdeckung und die Festnahme seines Bruders mitzuteilen. Andres hatte ruhig zugehört und dann gesagt: »Er hat es so haben wollen. Es wäre doch besser gewesen, er hätte mich um ein wenig Geld gebeten, ich hätte ihm ja schon gegeben, aber er hat immer lieber geprügelt als gute Worte gegeben.«

Jetzt trat die Frau Oberst am sonnigen Wintermorgen aus ihrer Tür und stieg fröhlichen Herzens den Berg hinunter, denn sie beschäftigte sich in ihrem Innern mit einem Gedanken, der ihr wohlgefiel. Als sie die Haustür beim Schreiner Andres aufmachte, kam Wiseli gerade aus der Stube heraus. Seine Augen waren ganz aufgeschwollen und hochrot vom Weinen. Es gab der Frau Oberst nur flüchtig die Hand und lief scheu in die Küche hinein, um sich zu verbergen. So hatte die Frau Oberst das Wiseli noch nie gesehen. Was konnte da passiert sein? Sie ging in die Stube hinein. Da saß der Andres am sonnigen Fenster und sah aus, als sei ein noch nie erlebtes Unheil über ihn hereingebrochen.

»Was ist denn hier geschehen?« fragte die Frau Oberst und vergaß vor Schreck, »Guten Tag« zu sagen.

»Ach, Frau Oberst«, stöhnte Andres, »ich wollte, das Kind wäre nie in mein Haus gekommen!«

»Was«, rief sie noch erschrockener aus, »das Wiseli? Kann das Kind Euch ein Leid angetan haben?«

»Ach, um Himmels willen, nein, Frau Oberst, so meine ich's nicht«, entgegnete Andres voller Aufregung, »aber nun ist das Kind bei mir gewesen und hat mir ein Leben in meinem Häuschen gemacht wie im Paradies. Jetzt muß ich das Kind wiederhergeben, und alles wird viel öder und leerer um mich her sein als vorher. Ich kann es nicht aushalten. Sie können sich gar nicht denken, wie lieb mir das Kind ist, ich kann es nicht aushalten, wenn sie mir's wegnehmen. Morgen muß es gehen, der Vetter-Götti hat schon zweimal den Buben geschickt, es müsse nun zurück, morgen müsse es sein. Und dann ist noch etwas, das mir fast das Herz zersprengt. Seitdem der Vetter-Götti geschickt hat, ist das Kind ganz still geworden und weint heimlich. Es will es nicht so zeigen, aber man kann's wohl sehen, es wird ihm so schwer, zu gehen, und morgen muß es sein. Ich übertreibe nicht, Frau Oberst, aber das kann ich sagen: Alles, was ich seit dreißig Jahren erspart und erarbeitet habe, gäbe ich dem Vetter-Götti, wenn er mir das Kind ließe.«

Die Frau Oberst hatte den aufgeregten Andres ganz ausreden lassen. Jetzt sagte sie ruhig: »Das täte ich an Eurer Stelle nicht, ich machte es ganz anders.«

Andres schaute sie fragend an.

»Seht, Andres, ich würde es so machen. Ich würde sagen: ›All mein wohlverdientes Gut will ich jemandem zurücklassen, der mir lieb ist. Ich will das Wiseli an Kindes Statt annehmen, ich will sein Vater sein, und es soll von heut an als mein Kind in meinem Hause bleiben.‹ Gefiele Euch das nicht, Andres?«

Andres hatte still zugehört, und seine Augen waren immer größer geworden. Jetzt ergriff er voller Bewegung die Hand der Frau Oberst und drückte sie gewaltig zusammen, dann keuchte er hervor:

»Kann man das wirklich machen? Könnte ich das mit dem Wiseli machen, so daß ich sagen könnte: Das Wiseli ist mein Kind, mein eigenes Kind, und niemand hat mehr ein Recht auf das Kind, und kein Mensch kann es mir mehr nehmen?«

»Das könntet Ihr, Andres«, versicherte die Frau Oberst, »genau so! Sobald das Wiseli Euer Kind ist, hat kein Mensch mehr auf das Kind ein Recht, Ihr seid der Vater. Und seht, Andres, weil ich mir gedacht hatte, Ihr hättet den Wunsch, das Wiseli zu behalten, so habe ich meinen Mann gebeten, heute nicht fortzugehen, falls Ihr etwa gern gleich in die Stadt zur Kanzlei führet, damit alles bald festgesetzt werde, denn zu Fuß könnt Ihr noch nicht gehen.«

Andres wußte gar nicht, was er vor Aufregung und Freude tun sollte. Er lief dahin und dorthin und suchte den Sonntagsrock, dann rief er immer wieder: »Ist es auch bestimmt wahr? Kann's auch sein?« Dann stand er wieder vor der Frau Oberst und fragte: »Geht es jetzt, gleich jetzt, heut noch?«

»Gleich jetzt«, versicherte sie, doch dann gab sie dem Schreiner Andres zum Abschied die Hand. Sie mußte gehen und ihrem Manne mitteilen, daß der Andres schon reisefertig sei.

»Ihr solltet es dem Wiseli erst am Abend sagen, wenn alles gut eingeleitet ist und Ihr wieder ruhig daheim seid«, sagte die Frau Oberst noch an der Tür, »meint Ihr nicht auch?«

»Ja, sicher, sicher«, gab Andres zur Antwort, »jetzt könnt' ich's gewiß nicht sagen.«

Als die Tür sich schloß, setzte sich Andres auf seinen Stuhl nieder und zitterte so sehr an Händen und Füßen, daß er glaubte, er könne nie mehr aufstehen. So waren ihm die Freude und Aufregung in alle Glieder gefahren. Es dauerte aber kaum eine halbe Stunde, da kam schon des Obersten Wagen angefahren und hielt am Gärtchen des Schreiners an, und zu Wiselis großem Erstaunen stieg der Knecht von seinem Sitz herunter und kam herein. Nach wenigen Minuten sah es, wie er wieder herauskam, den Schreiner Andres mit beiden Armen festhielt und ihm dann in den Wagen hinein half. Wiseli schaute dem Fuhrwerk nach, als bewege sich etwas Unfaßliches vor seinen Augen, denn der Schreiner Andres hatte kein Wort mehr zu ihm sagen können, nicht einmal, daß er ausfahren werde. So wie er sich niedergesetzt hatte, war er sitzengeblieben, bis der Knecht ihn herausholte, und das Wiseli hatte sich immer noch verborgen gehalten. Jetzt ging es in die Stube hinein und setzte sich ans Fenster, wo sonst der Schreiner Andres saß, und konnte gar nichts anderes mehr denken als nur immerzu: »Heute ist der letzte Tag, und morgen muß ich zum Vetter-Götti.« Als der Mittag kam, ging Wiseli in die Küche hinaus und machte zurecht, was der Andres essen sollte. Er kam aber nicht, und es wollte nichts anrühren, bis er auch dabei war. So ging es wieder hinein, und sofort stand der traurige Gedanke wieder vor ihm, und es mußte immer wieder daran denken. Doch endlich wurde es davon so müde, daß ihm sein Kopf auf die Schulter fiel und es fest einschlief. Noch im Schlaf sagte es immer: »Und morgen muß ich zum Vetter-Götti.« Und Wiseli sah nicht, wie der helle Abendschein leise in die Stube hineinfiel und einen schönen Tag verkündigte.

Wiseli schoß auf, als jemand die Stubentür öffnete. Es war der Schreiner Andres. Das Glück leuchtete ihm wie heller Sonnenschein aus den Augen. So hatte ihn Wiseli noch nie gesehen. Es schaute verwundert zu ihm auf. Jetzt mußte er sich auf seinen Stuhl setzen und vor Bewegung Atem holen, nicht vor Erschöpfung. Dann rief er mit triumphierender Stimme:

»Es ist wahr, Wiseli, es ist alles wirklich wahr! Die Herren haben alle ›Ja‹ gesagt. Du gehörst mir, ich bin dein Vater, sag zu mir einmal ›Vater‹!«

Wiseli war schneeweiß geworden. Es stand da und starrte den Andres an, aber es sagte kein Wort und bewegte sich nicht.

»Ja so, ja so«, fing der Andres wieder an, »du kannst es ja nicht begreifen, mir kommt vor Freuden alles durcheinander. Jetzt will ich aber von vorn anfangen. Siehst du, Wiseli, jetzt eben habe ich es in der Kanzlei unterschrieben: Du bist jetzt mein Kind, und ich bin dein Vater. Du bleibst für immer hier bei mir und gehst nie mehr zum Vetter-Götti zurück, hier bist du daheim, hier bei mir.«

Jetzt hatte Wiseli alles begriffen. Auf einmal sprang es auf den Andres zu und umfaßte ihn mit beiden Armen und rief: »Vater! Vater!« Der Andres brachte kein Wort mehr hervor, und das Wiseli auch nicht, denn es kam ihm so viel im Herzen und in den Gedanken zusammen, daß es ganz überwältigt war. Aber mit einem Male war es, als ob ihm ein helles Licht aufginge. Es schaute den Andres mit leuchtenden Augen an und rief fröhlich: »O Vater, jetzt weiß ich alles, wie es zugegangen ist und wer dazu geholfen hat.«

»So, so, und wer denn, Wiseli?« fragte er.

»Die Mutter!« war die rasche Antwort.

»Die Mutter?« wiederholte Andres, ein wenig erstaunt, »wie meinst du das, Wiseli? Wie meinst du das?«

Jetzt erzählte das Kind, wie es die Mutter gesehen, ganz deutlich, wie sie es bei der Hand genommen und ihm einen sonnigen Weg gezeigt und gesagt hatte: »Sieh, Wiseli, das ist dein Weg.« – »Und jetzt, Vater«, rief Wiseli immer eifriger fort, »jetzt ist mir auf einmal eingefallen, wie der Weg war. Genau so wie der draußen im Garten, wenn die Sonne darauf scheint und die Nelken so rot glühen und auf der anderen Seite die Rosen. Die Mutter hat ihn schon gewußt und hat das ganze Jahr bestimmt den lieben Gott gebeten, daß ich auf den Weg kommen dürfe. Sie hat schon gewußt, wie gut ich es bei dir haben würde, wie sonst nirgends auf der ganzen Welt. Das glaubst du jetzt auch, Vater, daß alles so gegangen ist, nicht wahr, seit du weißt, daß die Mutter mir den Weg mit den Nelken gezeigt hat?«

Der gute Andres konnte nichts sagen, die hellen Tränen liefen ihm die Wangen hinunter. Dabei lachte ihm aber eine solche Freude aus den nassen Augen, daß es dem Wiseli nicht angst wurde. Als er aber endlich etwas sagen wollte, da hörte man nichts davon, denn in dem Augenblick wurde mit einem großen Knall die Tür aufgeschlagen, und der Otto sprang mit einem Satz bis mitten in die Stube hinein. Dann machte er noch einen großen Sprung über einen Stuhl und rief: »Juchhei wir haben's gewonnen, und das Wiseli ist erlöst!« Hinter ihm stürzte das Miezchen hervor, rannte gleich auf seinen Freund los und sagte mit bedeutungsvollem Winken zur Tür hin: »Jetzt, Andres, wirst du gleich sehen, was zum Genesungsfest kommt!« Und eh es noch ausgesprochen, arbeitete sich der Bäckerjunge zur Tür herein mit einem so großen Brett auf dem Kopf, daß er in der Tür steckenblieb und damit nicht weiterkonnte. Aber von hinten kam eine kräftige Hand, die hob und schob und stützte das wankende Gebäude, bis es glücklich in der Stube angelangt und auf den Tisch gesetzt war, den es ganz von oben bis unten bedeckte. Otto und Miezchen hatten überlegt und wollten aus ihren Sparbüchsen zum Genesungsfest den allergrößten Rahmkuchen machen lassen, den ein Mensch machen könnte. Weil er nun als runder Kuchen zu klein geworden wäre, so hatte man ihn viereckig gemacht, so daß er den Ofen von vorn bis hinten ausfüllte und nun den ganzen Tisch bedeckte. Auf den Boden hin stellte jetzt die Trine, die hinter dem Bäckerjungen hereingekommen war, ihren großen Korb nieder. Darin lag ein schöner Braten und stärkender Wein dazu, denn die Frau Oberst hatte gesagt, heute habe der Andres noch keinen Bissen gegessen, und vielleicht das Wiseli auch nicht. So war es, und jetzt merkte es das Wiseli auch auf einmal, als es alle die einladenden Sachen vor sich sah. Nun setzte sich die ganze Gesellschaft zu Tisch, und man konnte gar nicht erkennen, wer von allen das fröhlichste Gesicht am Tische hatte. Vor allem mußte der Riesenkuchen in der Mitte zerschnitten und die Hälfte auf den Boden gelegt werden, damit man Platz bekam. Nun folgte ein so fröhliches Festessen, wie noch nie ein fröhlicheres stattgefunden hat, denn jedem, der an diesem Tisch saß, war sein höchster Wunsch in Erfüllung gegangen.

Als es nun unter all der Freude spät geworden war und man endlich vom Tisch aufstehen mußte – denn die Trine stand schon lange zum Abholen bereit – sagte Andres: »Heut habt ihr das Fest bereitet, aber zum Sonntag will ich auch eins bereiten. Dann kommt ihr wieder, und das soll das Fest des Einstandes sein für mein Töchterchen.«

Nun schüttelten sich alle die Hände in der frohen Aussicht auf ein neues herrliches Fest und auf die immerwährende Befriedigung, das Wiseli beim Schreiner Andres zu wissen. Vor der Tür aber gab Wiseli dem Otto noch einmal die Hand und sagte:

»Ich danke dir hunderttausendmal für alles Gute, Otto. Der Chäppi hat mir auch nie mehr etwas an den Kopf geworfen, weil er es nicht durfte, das habe ich nur dir zu danken.«

»Und ich danke dir auch, Wiseli«, entgegnete Otto. »Ich habe nie mehr die Fetzen in der Schule auflesen müssen, das habe ich nur dir zu danken.«

»Und ich auch«, behauptete Miezchen, denn es wollte nicht leer daneben stehen.

Als nun in dem Stübchen alles still geworden war und der Mondschein leise durchs Fenster hereinkam, an dem der Schreiner Andres saß, während das Wiseli noch alles aufräumen wollte, kam es zu ihm heran und sagte, indem es seine Hände faltete:

»Vater, soll ich dir nicht den Liedervers der Mutter laut vorbeten? Ich hab' ihn heut abend immer wieder leise für mich sagen müssen, den will ich bestimmt mein ganzes Leben lang nie vergessen.«

Andres war sehr einverstanden, den Vers zu hören. Wiseli schaute zu den Sternen auf und sagte tief aus seinem Herzen heraus:

»Befiehl du deine Wege
Und was dein Herze kränkt,
Der altertreusten Pflege
Des, der den Himmel lenkt.

Der Wolken, Luft und Winden
Gibt Wege, Lauf und Bahn,
Der wird auch Wege finden,
Da dein Fuß gehen kann.«

Von diesem Tage an war und blieb das allerglücklichste Haus im ganzen Dorf und im ganzen Land das Häuschen des Schreiners Andres mit dem sonnigen Nelkengarten. Wo sich seither das Wiseli blicken ließ, waren alle Leute so freundlich zu ihm, daß es nur staunen mußte. Denn vorher hatten sie es nie beachtet, und der Vetter-Götti und die Base gingen nie am Haus vorbei, ohne schnell hereinzukommen und ihm die Hand zu geben und zu sagen, es solle auch zu ihnen kommen.

Über diese Wendung war das Wiseli froh, denn es hatte immer einen heimlichen Schrecken beim Gedanken gehabt, was der Vetter-

Götti zu allem sagen werde. So war Wiseli von aller Angst befreit und ging fröhlich seinen Weg. Im stillen aber dachte es oft: »Der Otto und die Seinen waren gut zu mir, als es mir schlecht ging und ich niemand mehr auf der Welt hatte, aber die anderen Leute sind erst freundlich zu mir geworden, seit es mir gut geht und ich einen Vater habe. Ich weiß ganz gut, wer es am besten mit mir meint.«

Biographie

1827 *12. Juni:* Johanna Louise Heusser wird in Hirzel, einem oberhalb des Zürichsees gelegenen Dorf, als viertes von sechs Kindern der Arztes Johann Jakob Heusser und seiner Ehefrau, der als Dichterin religiöser Lieder hervorgetretenen Anna Margaretha (Meta) Barbara Heusser, geb. Schweitzer, geboren.

1833 Besuch der Volksschule (bis 1839).

1839 Besuch der Repetierschule und der privaten Sekundarschule (bis 1841).

1841 Übersiedlung zu einer entfernten Tante nach Zürich, wo sie Privatunterricht in modernen Sprachen und am Klavier erhält.

Beginn der Freundschaft mit Betsy Meyer und deren Bruder Conrad Ferdinand Meyer.

1844 Besuch eines Pensionats in Yverdon.

1845 *Herbst:* Rückkehr nach Hirzel ins Elternhaus zur Unterrichtung ihrer jüngeren Schwestern.

Umfangreiche Lektüre, u.a. der Werke von Homer, Ferdinand Freiligrath, Annette von Droste-Hülshoff, Lord Byron, Gotthold Ephraim Lessing und vor allem Johann Wolfgang von Goethe.

Erste Gedichte entstehen.

1852 *9. September:* Heirat mit dem sechs Jahre älteren Zürcher Rechtsanwalt und Redakteur der »Eidgenössischen Zeitung« Johann Bernhard Spyri, einem Jugendfreund ihres Bruders Theodor. Anschließend Übersiedlung nach Zürich.

Enger freundschaftlicher Verkehr mit Betsy und Conrad Ferdinand Meyer.

Bekanntschaft mit Richard Wagner, für den sich sich jedoch

nur kurzzeitig begeistern kann, und mit Gottfried Keller, den sie zwar als Schriftsteller, nicht aber als Menschen schätzt.

1855 *17. August:* Geburt des Sohnes Diethelm Bernhard.

In den folgenden Jahren versinkt Johanna Spyri in tiefe Depressionen, die vermutlich durch Konflikte in der Familie ausgelöst und durch den Verkehr in pietistischen Kreisen verstärkt worden sind. Sie leidet auf erdrückende Weise an Schuldkomplexen, die sie später schreibend zu bewältigen sucht.

1868 Nach der Ernennung von Johann Bernhard Spyri zum Zürcher Stadtschreiber zieht die Familie in die Amtswohnung im alten Stadthaus am Zürichsee (bis 1884).

1871 Ihr erste Erzählung »Ein Blatt auf Vrony's Grab« erscheint anonym.

1872 »Nach dem Vaterhause« (Erzählungen).

1875 Beginn des Engagement für die neu gegründete Höhere Töchterschule in Zürich. Ansonsten steht sie der entstehenden Frauenbewegung ablehnend gegenüber und spricht sich auch gegen die Zulassung von Frauen zum Universitätsstudium aus.

1876 Tod der Mutter.

1878 »Heimatlos« (Erzählungen). Beginn der Beziehung zum Verlag Friedrich Andreas Perthes in Gotha, der in den folgenden Jahren nahezu alle ihre Werke herausbringt.

1880 »Heidi's Lehr- und Wanderjahre. Eine Geschichte für Kinder und auch für Solche, welche die Kinder lieb haben« (Roman, anonym). Das Buch wird ein sensationeller Erfolg, noch im Jahr der Erstausgabe erscheinen zwei weitere Auflagen (fortan unter ihrem Namen).

1881 »Heidi kann brauchen, was es gelernt hat« (Roman).

1883 »Wo Gritlis Kinder hingekommen sind« (Erzählungen).

1884 *3. Mai:* Tod des einzigen Sohnes Bernhard nach langjähriger schwerer Krankheit.

19. Dezember: Tod des Ehemannes Johann Bernhard Spyri. In ihrer im Folgejahr publizierten Erzählung »Aus dem Leben eines Advokaten« setzt sie ihm ein Denkmal.

1885 Umzug in eine Wohnung in der Vorstadt von Zürich. In den folgenden Jahren unternimmt sie zahlreiche Reisen an die italienische Riviera, nach Montreux und St. Moritz.

1886 »Was soll denn aus ihr werden?« (Erzählung, Fortsetzung unter dem Titel »Was aus ihr geworden ist«, 1889).

1889 »Aus den Schweizer Bergen« (Erzählungen).

1901 *7. Juli:* Johanna Spyri stirbt im Alter von 74 Jahren in Zürich.